寧靜謀殺案

Turkish Delight Mystery
the Serenity Murders

Mehmet Murat Somer

馬赫梅·穆拉特·索瑪——著　李建興——譯

為了相對輕鬆地殺人，你必須擁有質樸的愛心，天性幾乎像清教徒。

——Michel del Castillo，《恥辱的外衣》（La tunique d'infamie）

主要人物表

柏薩克·薇拉	我，電腦駭客，變裝夜店老闆，精通泰拳與合氣道，深愛奧黛莉赫本，本系列主角
索菲亞	已退休變裝藝人，人脈複雜，曾是主角精神導師，現在是宿敵
澎澎／撒迦利亞	變裝皇后、登台藝人，主角的好友
肯尼	夜店的保鑣，高大魁梧
哈山	夜店的侍者，性向不明，人緣佳，低腰牛仔褲經常露出股溝
奧斯曼	夜店的DJ。
蘇克魯	夜店的酒保，喜歡美少男
雅夫茲	郊區的年輕人，夜店顧客，通常打赤膊跳舞
依佩坦	變裝友人，很時髦，高雅，信仰《哈潑時尚》雜誌
賽錫克·塔揚	主角的童年好友，現任警察局長
胡笙·塔利普·柯札拉克	社區的計程車司機，迷戀柏薩克
阿里	外號點鈔機，電腦公司自營商。柏薩克白天正職工作的老闆
菲根	電腦公司的秘書

莎蒂	家庭打掃女佣
瑞菲克・阿爾坦	同性戀詩人，作詞家
艾拉・塔揚	主角童年好友，曾是情敵，現爲賽錫克之妻
貝琳達D	有名有權的DJ，樂評，土耳其流行音樂大師
聖戰2000／凱末爾・巴魯蘇	電腦駭客，殘障坐輪椅，性癖很怪異
賽姆・葉格諾魯	催眠治療師
里卡度	巴西出身的變裝明星
胡梅拉	在銀行工作的社區婦女
以實瑪利・柯札拉克	胡笙之父，五金雜貨商
凱芙瑟・柯札拉克	胡笙之母
塔里克	社區的另一個計程車司機，胡笙的好友
瑟梅特・奇里斯	合氣道與太極拳高手
希爾米・庫洛格魯	嚴肅的刑事組督察
艾庫特・巴圖爾	前歌劇合音團員，現爲流行歌手
阿貝托・馬裘雷	紐約殯葬業者，化妝大師
安德莉普・圖翰	塔羅牌大師，總是穿女裝
巴哈迪爾	古爾的年輕新歡
貝迪罕・安德	健康食品與節食大師

布凱	電視企畫員
卡維特・阿特斯	靈氣大師
賽米爾・卡贊希	黑手黨頭目
加贊費	雜貨批發商，通常在夜店裡是沉默顧客
古爾・塔梅	靈氣大師
哈坎・阿金希	密宗大師
海達・赫塞夫	亞塞拜然來的生物能量大師
柯拉爾・柯恩	八卦專欄作家
馬赫梅・穆拉特・索瑪	暢銷作家
茉露・卡汀	天使美女
尼爾根・庫特魯	瑜珈與冥想大師
妮梅特・哈諾格魯	法魯克的有錢遺孀
蘇海爾・阿爾金	電視企畫人
維爾丹・卡拉薩	水晶與風水大師，總是很匆忙
伊瑪茲・卡拉塔斯	矮黑的黑手黨保鑣
遜咖費迪	古怪的鄰居
阿菲	紅髮靈氣專家
梅蕾克	柯札拉克家族社區的小女孩

甘提爾·歌努兒	舊識變裝者，比大多數人低賤但是努力表現有水準
席琳·居妮	瑜珈與冥想專家，卡維特·阿特斯的女友

夜店的小姐們

貝札（卡車貝札）	夜店的胖子變裝者
黛梅特·契里（毛怪黛梅特）	夜店變裝者，不除毛，有點變態
艾凡	夜店的無知變裝者
卡拉卡斯·露露	夜店的暴躁變裝者
梅塔	高大戴紅假髮的夜店變裝者
穆潔	夜店的豐滿變裝者
帕米爾／葉哈雅	夜店的侵略性變裝者
莎卡莉·芭比（鬍鬚芭比）	夜店變裝者

1

我一向喜歡受矚目，但是要上電視、在成千上百人面前講話，扮演無所不知的專家，說些四平八穩、不冒犯人的話討論變裝癖的實情，又不能像在「鼓吹」它——這種事會把製作人嚇出一身冷汗——讓我很緊張。我緊張得要命。

節目的另一個來賓是作家馬赫梅．穆拉特．索瑪，他巧妙地誇大我的冒險經歷，當作他小說的題材。我們受邀來到土耳其最老牌電視台最受歡迎的脫口秀。而且是現場直播！

我沒作什麼準備。我看起來不會太平凡，意思是太醜，也不會像穿上澎澎的作秀服那麼突出又花俏。化妝精美，保養良好的短髮，稍微墊高的胸部，一條最新流行的黑色皮褲，一路開叉到肚臍的透明襯衫，讓我可以展示蕾絲胸罩和瓷器般的白皙肌膚。老實說，我扮奧黛莉赫本的狀況不算最好。但是不能怪我。畢竟，我又不是習慣天天上電視。其實在正式紀錄上，這是我的處女秀；我是說，如果我出現過，如果我碰巧某個時候被鏡頭意外捕捉到，呃，我也記不得了。

「我們要拼命挑戰尺度！我們的收視率會飆到破表！但是，別玩過火了。如果情況失控，如果不得體的話說溜了嘴，我在那邊的導播朋友會切斷進廣告。不過我們還是要小心……」製作人兼主持人蘇海爾．阿爾金警告過我們。

他口風很緊，這是一定的。「我們」其實是指「我們兩個」；事實上，只有我啦。主持人是這種把戲的老手了；他幾乎天天跟不同的來賓上電視。我相信他向所有來賓都說「我們的收視率會破表」的老套。當我們等待節目開始，他只向作家說了幾個字，謹慎地避免直接跟我說話。至於紅鬍子的媒體顧問兼馬赫梅．穆拉特．索瑪經紀人，蘇海爾．阿爾金似乎跟他進行了深入、有意義的對話。誰會受特別青睞很明顯了。不過，我仍然精神抖擻。

我們被帶進攝影棚。我立刻看著正中央的椅子，從每個可能的角度都拍得到的那張。可是如果我去坐那裡，上面擺了醜陋花瓶的咖啡桌會擋到我的腿，那麼我特地爲了上節目砸大錢買的約翰加里亞諾設計、Dior名牌「搖擺孟買」鞋子就看不到了。呃，那麼我就必須一有機會就翹腿確保有秀出來。否則我肯定會後悔花那麼多錢買這麼漂亮的鞋。

蘇海爾．阿爾金逕自坐到辦公桌後面。因爲他的腳不會上鏡，他穿著舒適的運動鞋；至於其他部分，他穿了運動上衣、白色高領襯衫，打深色領帶。

馬赫梅．穆拉特．索瑪從媒體顧問聽取最後的命令之後走向我。「我的右側臉太難看了，」他說，「我看起來老了一倍，活像隻禿鷹。」我才剛坐穩呢，他就想要來搶我的位子！

左邊右邊——又有什麼差別？說得好像如果從左邊拍他，眞的能把他拍成自稱的廿七歲似的。他以爲他左臉像湯姆克魯斯，右臉像伍迪艾倫嗎？我不想爲了區區換座位問題大作文章增添緊張。我從每個角度都好看，於是接受他的要求。

結果，效果意外地好，因爲我的新位置讓攝影機能毫無遮掩地拍到我的搖擺孟買，無論亮片、寶石、小鏡子和羊毛圖案，完整清楚地展現出來，全世界都看得見。更別提六吋高的鞋跟了……

雖然大多數女性和我們的某些小姐宣稱穿高跟鞋完全沒問題，我可不敢這麼說。差得遠了。小時候我會穿我媽的高跟拖鞋，通常那是留到我們有訪客時穿的，初次嘗試保持平衡，再試著小步前進。好難啊！後來，當我厚臉皮地開始在女裝店採購，我馬上買了第一雙高跟鞋，然後只穿過兩次就趕快塞進衣櫥裡。如果你問我，這種鞋不是穿來走路或站立用的；頂多可以用來擺姿勢，像我現在這樣。

我的新椅子比較矮又不舒服，但我沒有抱怨。

年輕的現場技術人員走向我的眼神明顯地大喊，我了解你們這種人。他在我的露肩禮服別上麥克風，小心地把肢體接觸減到最低限度。好像碰觸到我會丟臉，或是，我不確定，好像他會感染無法治療的變裝癖病毒，會被附身，逐漸佔據他的靈魂似的！我用同樣高傲、嚴峻的目光回應。他弄好之後，我抓住他的手道謝。他當然嚇得往後跳了一步。

直播倒數開始後，蘇海爾．阿爾金頂著精心打理的髮型——每撮頭髮都有各自的造型——裝出我在螢幕上早已看慣的那號表情：色瞇瞇又真心好奇的表情。

我看著面前的螢幕。說完例行開場白向觀眾道晚安之後，蘇海爾．阿爾金介紹當天主題與來賓，也就是我們。他提醒叩應觀眾攝影棚的電話號碼然後轉向馬赫梅，問他變裝癖的定義。馬赫梅開始用萬事通的語氣說明。鏡頭拉近到他臉上，只拍到坐在他右邊的我的左肩和膝蓋。

我們走進攝影棚之前我原本想再照一次鏡子，但太過緊張忘記了。我懷疑我的髮型和全身上下看起來行不行。我感覺得到右眼假睫毛的外側角落翹起了一點，但我不敢去摸。我可不想被攝影機拍到這模樣；畢竟，你永遠猜不到何時會被轉到主畫面，到時我就會在眾目睽睽之下喬我的化妝！我知道店裡所有小姐都會黏在電視機前，仔細尋找任何一丁點瑕疵，然後連續說上好幾天。雖然我自己並沒有大肆宣揚這件事，我的照片卻，天曉得從哪裡弄來的，出現在報紙的電視節目表上，還有宣傳該節目的電視廣告裡。出門之前，我的好友澎澎已經打來祝我好運。

「唉呀我的天，」她說，「我說不出我多麼以你為榮！我全心全意相信你一定會表現出我們最好的一面。」

我的得力助手，我經營的夜店領班哈山，提議陪我一起來，但我婉拒了。我想最好不要帶著大批隨扈出現。

這時突然蘇海爾．阿爾金轉向我問道，「那麼，柏薩克．薇拉，你是怎麼成為變裝者的？可以跟我們分享你的故事嗎？」

這題不在我們後台排練過的題庫中。我完全措手不及。這兩天來我一直，只在私下，排練我要說的每個字，準備接招。但我沒準備這一題！鏡頭對準了我。我微笑，像奧黛莉赫本一樣眨眨眼。

「我相信您不是指本人的性傾向發展史吧，蘇海爾，」我說，不知該稱呼他的名字還是姓。但那樣不就有點冷淡嗎？況且，像我這樣稱呼他，我就用特有的方式表達出某種保留的親密感。「如果你想聽，我可以談談我受什麼影響，還有即使全世界問題百出，我如何尋求內心的平靜。」

我全說了——從最近剛開始感興趣的靈氣，到已經熟練的泰國拳和合氣道，高中時代我曾堅持未來要當演員，叫父母請了私人家教上表演課。但我常說重點在於什麼事造就現在的我，而不是一味追求內心平靜。我想我講得有點太快了，完全忘記從傳授我化妝要訣的紐約客阿貝托，還有當年我滿懷野心要當電視明星時虛心追隨的神秘奇女子索菲亞，所學到的教訓。

我們三人談到了馬赫梅寫的犯罪小說，書中描述有多少屬實，當中的刑案若沒有警察幫忙都不可能偵破，諸如此類。過程平順，我們毫無差錯地互相傳球。

「當然，我需要時就會有警察支援，」我說。

「所以你有警方的門路，」蘇海爾回應，想套我的話。他假裝驚訝的表情在螢幕上肯定顯得比較誠懇，因爲當面看來實在很假。

「可以這麼說，但我不想公開說出他的名字。」

「喔，你看，我們有人叩應進來，」他露出頑皮的奸笑說，「喂？」

來電者是我的童年好友，我的男人，警方的門路：賽錫克．塔揚，從不拒絕我的求助，也總是很擔心我的愚蠢奇想。他完全不顧身爲警察的一員，在全國性電視上驕傲地宣布，對，他就是我朋友。不過，爲了保持清白，他強調了兩次我們的關係是「童年好友」，我感覺眼眶濕了。我已經很感激他做過的一切，我強迫他做的一切，包括現在這一次。賽錫克的勇氣，他驕傲地支持我的方式，讓我內心深處充滿溫暖。

每當進廣告，我立刻從包包裡掏出鏡子檢查我的睫毛膏是否糊掉了。還好，並沒有。假睫毛也沒有移位。

接著我們談到都會美型男，手腳都塗指甲油的大衛・貝克漢，男裝的女性化新趨勢，花卉圖案，透明上衣，臉部保養產品，蘇海爾宣稱他也在用。我們談到變裝者為何未必是同性戀，解釋了有時候變裝癖可能只是因為特別喜愛女裝。

有位女士打進來，這位心理學家提供了科學的解釋。她所說的一切都證實了我已經說過的。

我們談到肚皮舞男和男童舞者的鄂圖曼傳統，談到男性都穿過女裝的歷史，談到我們在幾世紀前的蘇丹畫像中看到的首飾，連當代最前衛的同性戀者都沒那麼誇張。螢幕上出現一幅雅夫茲蘇丹賽林戴著珍珠耳環的畫像。接著是一段關於知名變裝者的討論，然後是RuPaul和艾爾頓強MV〈Don't Go Breaking My Heart〉的畫面。兩張喬治男孩的照片，土耳其名人，男扮女裝的電影劇照……迷人的傑克里蒙和東尼寇蒂斯在《熱情如火》的樣子，《Sabaniye》片中的凱末爾・蘇納爾，土耳其版舞台劇《一籠傻鳥》裡的阿里・波拉佐格魯，對比好萊塢版《鳥籠》的最後一景，金哈克曼抱怨說，「沒人要跟我跳舞。都是這件洋裝。我交代過他們白色讓我顯得肥胖。」我們邊看邊微笑。顯然他們做過密集的檔案研究才剪出這段快速有效的精華短片。我眞的很感動。聖戰2000和澎澎都會錄下這集節目，所以我很欣慰我也會拿到這段精美紀錄片的拷貝。蘇海爾・阿爾金用愉快但愼重的評論貫穿整個對話。

來到了觀眾叩應時間。我終於習慣了這個氣氛，稍微放鬆下來。有一通來自年輕變裝者的父親。他道出在鄰居的有色眼光下，家人如何難以接受小孩是變裝者的動人故事。他說他知道兒子沒有做錯什麼事；他沒有販毒，不偷不搶，沒有殺人，只是對服裝的偏好不同罷了。我的眼眶又濕了。

「我在這裡沒辦法穿我想穿的，」有個鄉下打來的少女說，「你看我應該去伊斯坦堡嗎？在那裏可以穿我想穿的嗎？如果我去，你可以幫我嗎？」她慌亂的問題讓我不禁咬緊牙根。

一名女性觀眾緊張得聲音顫抖，評論說，「其實你可以做個相當迷人的男士。女人會對你有興趣；」最後丟出了問題，「你怕女人嗎？」

另一個觀眾問道，「你自認比女人優越嗎？」

我隱瞞對這些發問者的真實感受，用禮貌不帶爭議性的答案回應。

下一個觀眾的問題同時針對我和作家。「你們這些勢利鬼，瞧不起每個人。你們自以為是誰啊？」他用非常平靜的語氣說，「你們對社會，對土耳其人民的價值觀毫無尊重。活在根本不把你們當一份子的社會裡，完全藐視它的價值觀，你們是這樣找到內心平靜的？該是有人教訓你們的時候了。你們真可恥，兩個都是，對社會純粹是威脅。」

我們都嚇得啞口無言。來電者剛說完第一句話導播就切進廣告，但是攝影棚內的電話連線沒被切斷，所以我們還在聽。

「你哪位？」蘇海爾說，口氣提醒了我們誰才是這裡的老大。

「還有你，走路小心點！你在推銷這些混蛋！」

「查出他的身分再切斷電話！」

蘇海爾的命令沒有被立刻執行。兇惡的來電者在線路被切斷前作了最後的威脅。

「有種來找我！在那之前，每週我會殺一個你們熟悉的人，直到你們寶貴的『內心平靜』永遠終結！」

我們愣住，瞪大眼睛看著彼此。

「那個人是誰？」蘇海爾問。我們對面的玻璃隔音管制室裡有些騷動。

「那是誰？」

面露憂色，蘇海爾聽著透過耳機傳來的聲音。因爲聽不見說些什麼，想當然爾，作家和我都好奇地看著他。等候進一步說明。

「我們必須恢復播出，」他終於若無其事地說，「只是個變態神經病。」

「以前我也被威脅過，」馬赫梅說，「起先我慌了一下，結果只是說說而已。查得到我電話號碼或e-mail地址的人以爲他們想說什麼、寫什麼都可以。其實不值得擔心。」

我不是大驚小怪的人。

「我以前也被威脅過，」我說。是眞的。用各種遠遠超過你想像得到的方式。

最後我們結束了節目。我流了好多汗，幾乎被黏在椅子上。蘇海爾向我吻手道謝。那表情，還有動作……這傢伙怪怪的……你不得不佩服他，他確實掩飾得很好。要不然就是他還沒親自看到備忘錄。

我有多年的觀察與經驗。我很少看錯。

2

節目結束後我回家，脫掉腳上看起來像艾菲爾鐵塔掛滿聖誕飾物的搖擺孟買鞋。稍後我聽了答錄機裡道賀的留言。我迅速洗過澡換上有襯裙的白色及膝洋裝和裝飾著同色細緞帶的無肩帶漂亮上衣。這是我最優美、華麗、高雅的五〇年代服裝之一，跟奧黛莉赫本在《羅馬假期》穿的那件一樣。我出門去店裡，準備當面接受誇獎。我看起來眞像個公主。

我永遠可靠的計程車司機胡笙已經在門外等候。愛管閒事的鄰居，遜咖費迪，正在他家窗口偷窺。我對於他每次都在窗口看著我進出家門開始感到不悅了。

一見我踏出公寓，胡笙下車爲我開車門。我很驚訝。我不習慣他做出這種行爲。他從來沒有這種習慣，例如禮貌。

「我看到您上電視了，女士。您現在可出名了。」

我向他道謝。

「你的咪咪好像變大了，女士，」他說。

對，我的La Perla胸罩需要一點支撐才能塡滿，但我沒必要向他解釋。很久以前，我們意外地睡過一次。當時他說過他不喜歡大胸部，而且他喜歡我男性化的體型。

我扶著裙子，不發一語上了車。

「你該不是去做矽膠隆乳了吧？」

果然，他不再稱呼女士，還猛問最私密的問題。這是我的大忌！我不想在他怎麼稱呼我，問我胸部尺寸的問題上糾纏。胡笙不問出個所以然，絕對不會放棄，別人要他閉嘴，他會生氣，當他生氣就會惹麻煩，沒完沒了。況且天曉得費迪偷窺我們之後會捏造出什麼故事。我在車上，即使戴著厚眼鏡，多事的費迪也看不到我。我抓著我的無肩帶彈性上衣拉低露出胸部。老樣子：像男人一樣平坦。

我看見他興奮地盯著瞧。我拉回我的衣服。

「不錯，」他說，自以爲性感地抖一下嘴唇。

店裡不擁擠但是有些人。我一進門就被七嘴八舌淹沒。我們的保鑣，健身狂肯尼，向我鞠躬，幾乎要吻到地板了。

「你太棒了，老闆！我們可以合照嗎？我要拿去給健身房的朋友看。」

我沒問他打算拿我們的合照去給健身房的誰看，也不問爲什麼。如果他敢吹牛說：各位，這是我馬子，他明白若是傳成這樣，我會把他碎屍萬段。他可能會跟朋友說他爲我工作，或者他是我的保鑣。肯尼一點也不以在變裝夜店上班爲恥，而且他無法拒絕小姐們的懇求，偶爾會在白天陪她們看電影或逛街，是我認識最純潔的人之一。他在天眞與低能之間維持著微妙的平衡。因爲天眞他的個性才能如此誠懇而開朗。

DJ奧斯曼準備了以號音開場的音樂搭配我隆重登場。起初我愣住，然後微笑，環顧我的朋友們。他們也向我行注目禮。他們齊聚在我面前：總是習慣讓誇張的低腰牛仔褲低到幾乎遮不住胯下的哈山，也站著拍手。酒保蘇克魯在吧台後面爬到某種東西上面，以便越過人群看見我，彷彿生平初次見面似的盯著我。胖子穆潔、無知女王艾凡、毛怪黛梅特、卡車貝札、血紅色假髮的梅塔、亮麗的帕米爾，秀出她新裝的潔白假牙的希瑟，雖然以她的嘴來說嫌大了兩號，濃密黑眉毛的冷漠露露，從不錯過機會炫耀她右乳頭上穿著金環的瑟瑪……大家都在，我的小姐們，齊聚一堂。

「喔，你好美……」；「大姊，你好漂亮」；「我很喜歡，親愛的，希望改天我也能上電視……」；「你的鞋子好炫，我看得目不轉睛。其實，我無法專心看你，一直忙著看鞋。」最後一句正是濃眉露露說的。完全符合她的個性：充滿惡意和嫉妒的女人，但是夠聰明會用悅耳的討好掩飾她的刻薄。

少數幾個早鳥顧客也鼓掌，雖然他們不清楚怎麼回事。他們可能以爲我是過生日之類的。喜歡在舞池裡脫上衣炫耀精瘦肌肉，但是窮得小姐們只跟他上床玩玩的雅夫茲，走過來給我一個大擁抱。他滿身大汗，我禮貌地跟他保持距離。他一定以爲汗臭是愉快甚至令人興奮的東西。但是我不以爲然。他右肩上有個我上次沒見過的刺青。似乎是日文漢字組成的。

蘇克魯遞給我一杯Virgin Mary，ＤＪ奧斯曼開始播放天氣女郎演唱的〈It's Raining Men〉。他知道這是我最愛的舞曲。於是我中斷招呼與客套，迅速站上舞池跳了一會兒，展示適合我服裝的優美舞步。

差不多要到顧客開始上門的時間了。

首先抵達的是：混合團體，包括我的靈氣師父古爾．塔梅；同一個靈氣團體的卡維特·阿特斯；卡維特一派輕鬆的情人，名叫席琳·居妮的瑜珈和冥想專家；從亞塞拜然新來的海達·赫塞夫，他們介紹他是生物能量專家；還有叫做巴哈迪爾的年輕人，帥得讓我暈頭轉向，我一點兒也不在乎他的專長是啥。他臉孔消瘦，我們握手時強壯的手指緊握，明亮的黑眼珠。豐滿的嘴唇很誘人。

「喜歡我的新男朋友嗎？」我們碰頰時古爾向我耳語。很明顯不是指一字眉的海達。我感覺好像玩具被搶走的小孩。

「小心，我可能把他搶走，」我告訴她，一笑置之。

雖然她第一段婚姻有個成年的兒子，古爾仍維持苗條體態；滑順的金髮與手指永遠緊跟著最新流行的脈動，算是個優雅迷人的女性。此外，她很風趣。一聽我說要搶她情人，她相當真誠地大笑。

我們的常客，對我們家小姐上癮的那些人，慢慢地填滿店內。例如，舒適地坐在他邀來的兩個小姐中間，是個濃密小鬍子的文評。起初他只跟詩人瑞菲克·阿爾坦一起光顧，但後來瑞菲克因爲跟我發生小小爭執不再上門之後，他獨自成爲常客。有一次出於好奇，我試著讀他的詩，但是無聊到難以忍受我只好放棄。當這麼大量的文化知識沒有消化，導致的不是提升而是可怕的便秘。據小姐們說，他在床上還不賴，但他有些連她們都覺得古怪的性幻想，例如把雪茄煙霧吹向他的屁眼。

蔬果商人加贊費照例想把他的沉默解釋爲禮貌，偶爾拿起他的酒杯向小姐們敬酒。他是個好顧客，給小費慷慨，要求也很客氣。他逐一試過每個小姐。她們都喜歡他。他的紀錄完美無瑕。

途中，瑜珈專家席琳・居妮慌忙走來問我，「女廁在哪裡？」事實上，我們沒有女廁；我們只有一間廁所。被抗議性別歧視之後，我們也沒有隔開廁所。況且，這樣節省空間。

她聽我回答之後竊笑，彷彿我說了什麼笑話。「呃，那就試試看吧，」她說。我總覺得她有點膚淺，雖然認識她很多年了，還是寧可保持距離。

她從洗手間回來之後又遇上我。她還在竊笑。她似乎是喝茫了。

「尿斗後面裝鏡子眞是個好主意！也沒有遮蔽……」

她以爲是鏡子的東西其實是不鏽鋼，但是目的相同。畢竟，我們店裡努力顯得酷一點，帶些室內設計師的氣息。我們値得高檔一點的品質。她顯然看得目不轉睛，立刻開始跟她男友卡維特・阿特斯的比較起來。卡維特不只個子高，還是啤酒肚的胖子。無論他什麼尺寸，跟身體比較起來一定顯得很小。我的天啊，這些女人難道都沒看過A片、裸照，買過《花花女郎》雜誌嗎？連上市場買番茄都得看看、摸摸、比較，然後才下手。

我走來走去巡視時，目光經常落在巴哈迪爾身上，每次，我們都眼神交會。當然，他握著古爾的手，撫摸她的金色長髮，但他散發的秘密訊號逃不過我的法眼。最好別形容。我很敬重古爾。但我就是無法移開目光。

當晚稍後貝琳達D和她老公奈姆來了。貝琳達D無疑是土耳其流行樂的權威，她的最新著作是迄今最完整的，叫做《超級巨星》。她判定什麼歌爛什麼歌好。有人說她是土耳其歌壇的活歷史，也有人說是死神，因爲她的品味高尚又挑剔。我對她最偏好的綽號是漢摩拉比，因爲她決定了土耳其歌壇的標準與規則。畏懼貝琳達D惡意的歌手、作曲家和製作公司都把他們的作品交給她的隱形老公，謠傳他光靠被老婆的魔杖點過的人供養就能維生。

我連忙過去迎接他們。

總是精神抖擻的貝琳達D很緊張。她說話時喘不過氣來。

「達令，我剛知道，不曉得該說什麼。蘇海爾挨槍了。」

對，蘇海爾，那晚我去上過他節目的蘇海爾．阿爾金。

3

這對蘇海爾來說很自然，他習慣探索爭議性題材，仇家很多。但他被槍擊當然不正常。他沒死，但是受了重傷。他被送到醫院，槍手當然不留痕跡地逃逸了。

明天早上我會帶一大束花去探望他。在腦中，我迅速盤算後決定如果康乃馨便宜就買，不然就買菖蒲。

醒來時我獨自一人。巴哈迪爾在我夢中陪伴我。我們手牽手一起在鄉野奔跑，邊玩拼字遊戲邊鬥嘴，在海灘上升火擁抱著欣賞日落，模仿《印度愛經》的體位，唏哩呼嚕地共吃一碗義大利麵條；簡單說，我們做了情侶們一起做的所有事情。怪的是，我不記得他的臉或其他重要特徵。

我端著咖啡坐到電腦前。即使已經過了中午，我還沒有醒過神來。照例，我收到了一些留言。名叫網路游擊隊的駭客團體，我也是活躍的一員，毫不浪費時間貼了訊息，其中半數充滿無用的線索；但是另一半似乎有搞頭。

我的畢生粉絲與宿敵聖戰2000最近也成了我朋友，寄給我三則訊息，最後一則在主題欄明顯地標示「緊急」。我先看這一則。

「怎麼回事？為何湧入這麼多給你的威脅留言？如果有事我可以幫忙的，隨時效勞，」

裡面寫道。他說什麼威脅留言？什麼湧入？我知道他喜歡看我的郵件。雖然他答應過好幾次不再這樣，但就是無法控制自己，壓抑他的好奇心，或克制他的敵意。所以他搶在我有空之前駭入我的帳號登錄看過我的留言。雖然這樣能給我受保護的感覺，但也讓我非常不爽。我有幾個他還沒辦法染指的帳號，但憑他的天賦和耐性，很快他就能破解。這點我很確定。

聖戰2000的其他留言指向威脅的來源。打電話到節目裡的瘋子觀眾找到了我的e-mail地址，每小時寄一封威脅信給我。顯然地球上容不下我和我的同類。他要消滅我們。那些影響我的人、能讓我得到內心平靜的人（他用大寫字母打這個詞彙還加引號），都將受到制裁。他拷貝了我在網站上公布的所有人名，宣告他會每週殺一個人直到我逮到他的好消息。

凌晨三點十六分發出的訊息是來告知他的成就。

「一好球！我槍擊了蘇海爾·阿爾金，這個沒出櫃的同志在大眾面前誇耀你和你的同類，彷彿你們是什麼熱門商品。很快我會有更多新消息給你！」

我看著他的話感到一陣胃痛。眞是一天的美好開始。我直接衝進浴室。出來的時候，剩下的咖啡已經冷了。

我仍穿著浴袍，坐回電腦前。我的胃在低吼，但我的好奇心壓倒了我的飢餓。首先，我用傳統的駭客方法嘗試找出他的位址，他的連線電腦。這瘋子挺聰明的。他每次都用不同的電腦，從不同的區域上線。顯然，他是利用網咖。換成我就會這麼做：不留痕跡的最佳方法。訊息是由Yahoo、Hotmail、Freemail之類的服務商發出，可以不提供任何個人資料就輕易製造一個帳號。

「現在來看看你有沒有膽子找到『內心的平靜』，」他說。他說我是「安寧的敵人」，我不認為我算得上。「是你和你的同類擾亂了安寧。」

我開始頭痛。我看著名單；這是我多采多姿生活中的真實名冊。在我的網站上，除了我在電視上提過名字的人，還列舉了我不認識的人，只是仰慕或推崇我的人。他不是單純地把名單複製貼上，而是真的檢查過，再一個一個挑選出他認定適合的目標。

我的網站其實是紀念奧黛莉．赫本的。裡面有她的照片、傳記、作品清單，簡單說，關於她的一切。約翰．普瑞特也被明顯標榜為理想男人。除了這兩人，當然還有我的靈氣師父古爾．塔梅；我的合氣道教練，太極大師瑟梅特．奇里斯；我的愛心泉源與生活樂趣，撒迦利亞「澎澎」居妮；還有全國唯一的催眠治療師賽姆．葉格諾魯，因為他堅持我才放上去的。從他威脅信中的名單看來，我的敵手刻意排除了紐約的殯葬師，我的化妝師父阿貝托．馬袞雷和我的個人成長導師威爾．舒茲等外國人。

我查看追蹤我網站訪客的程式。有些我認識；但大多數情況下，只能得知有幾十個匿名位址。若要從頭到尾掃瞄這些人，追蹤他們，足以讓人瘋掉。

聖戰2000在他的聊天室裡沒有回應，我決定打電話給他。我確信我想到的他都想過了，甚至做了超出我已經做的事。他母親不會接的專線響個不停。他可能在洗澡或上廁所。我寄給他標示「緊急緊急緊急」，內容「打電話給我」的訊息，關掉了電腦。

我忽然發現為什麼今天上午一直感覺空虛：沒有音樂！樓下的遜咖費迪還沒開始大聲放他的音樂。他或許是多事的鄰居，但他並不粗魯。去年他搬來時我跟他吵過一架，這就夠了。除非他先聽見我家傳出噪音，否則不會播放驚天動地的搖滾樂。

寂靜對我沒有幫助。我趕快伸手到韓德爾的架子上拿出阿塔利亞聖樂。巴洛克音樂之美像陽光塡滿了我家。艾瑪．科克比的天籟之音，瓊．蘇莎蘭的夜鶯女高音，小艾雷．瓊斯令人寒毛悚立的男童高音一起搭配著安東尼．羅夫．強森的男高音；太完美了。指揮克里斯多夫．霍格伍，發起正統樂器運動的人，再次創造了堪稱古典音樂里程碑的錄音。

有這群天使陪伴，現在我可以坐下來思考，開始擬計畫了。

如果這瘋子是認眞的，我是說，如果他眞的是槍擊蘇海爾．阿爾金的人，那我們麻煩大了。因爲蘇海爾．阿爾金把徹底探討禁忌當成他的使命，當然有可能是其他被惹毛的人開槍，那麼這個神經病就是冒名頂替的。

當蘇海爾．阿爾金這種媒體眼中的大咖挨槍，警方一定會積極尋找嫌犯。

我接起電話時以爲是聖戰2000，但不是。是澎澎。

「唉唷我的天，親愛的……你無法想像看著你我感到多麼驕傲。你講得跟我一樣流利。剛才我又看了一遍錄影，相信我，一個瑕疵都找不到。」

「唉唷，別誇張了，」我說，「例如，燈光完全不對。每當我轉頭就看得到脖子上的皺紋。此外，我很緊張，所以話講太快。而且我眼睫毛的影子落在我的臉上。」

昨晚小姐們逐一告訴我的。我沒忘，現在轉向澎澎反映。

「喔，你太誇大了，」她說，「快點，起床趕過來。你可以選喜歡的卡帶，我們一起吃飯。我做了好吃的綠皮南瓜捲餅。馬上就要出爐了。我加了優格……」

澎澎眞懂得怎麼吊人胃口。她形容南瓜捲餅的方式……

「我在等電話。」

「轉接吧，唉唷我的天……」

「然後我得去醫院。妳知道他們槍擊了節目主持人，蘇海爾．阿爾金。」

我盡力忍住眼淚向南瓜捲餅道別。

「好吧，你不打算來。隨便你，奶油泡芙。我不會堅持。如果你要就來，如果不要就算了。我已經邀請過了。」

一聲巨響，她掛我電話。你永遠猜不到澎澎何時會爲了什麼事生氣。我伸手拿起電話想跟她修好，鼻孔裡充滿了南瓜捲餅的氣味，肚子咕咕叫，但我擔憂怎麼處理那出言威脅的瘋子的壓力超越了一切。

我打給馬赫梅提議一起去醫院。畢竟，他也是被威脅的三人之一。

「我很想，但是不巧，我沒時間，」他說，「今晚我要飛去里約熱內盧。」

我知道他每年有半年住在那邊。

「不會太久，只要十五到廿分鐘。」

「還是沒辦法。」

「但是你也被威脅了……」

「正是，所以我才離開。我沒必要在這兒走來走去當活靶。反正我也該走了，只是比預計早兩天離開。如果發現什麼再通知我。我會收e-mail。相信等我回來時你已經破案找到那個瘋子了。」

「然後你只需要寫出來……」

「當然，如果夠刺激的話。」

我打開電視。正在播蘇海爾．阿爾金遇襲的新聞。他們用什麼當畫面呢？攝影棚接到威脅電話那一刻。所以有我，又上了電視，每個頻道都有。電話內容原本沒有完整播出但是有錄音，現在全世界都聽到了。還有蘇海爾．阿爾金用擔架被抬走，醫院急診室入口，醫師說明他的傷勢，然後又是我們……他們查出了發話地點。是巴克庫伊區的公共電話亭。目前尚未逮捕嫌犯。警方正在全力追查兇手。我睫毛的影子眞的蓋在臉上。而且搖擺孟買眞的很炫。

門鈴響起。除了雜貨店的送貨小弟和大樓管理員，沒人會無預警跑來我家。我從窺孔裡看。門外面是樓下瘦小的鄰居。

「早安，」他抓著他油膩的長髮說，「昨晚我在電視上看到你。我來道賀。」

我謝謝他，禮貌地微笑，準備關門。這種時候我感覺就像《羅馬假期》的奧黛莉赫本，或摩納哥王妃葛莉斯凱利跟平民握手。

他伸出的手上拿著一片磁碟。

「我都錄下來了。」

眞客氣。我再次道謝。

「但是我好像錯過了開頭……」他說。

他在褪色T恤上擦擦手，似乎有手汗。他是圖像設計師還是動畫師，諸如此類。他手上有顏料的污漬。他好瘦。肋骨都數得出來。

他盯著我，等我邀請他進門。

原則上，我傾向跟鄰居僅僅保持最低限度的社交關係，以免生米「混」成了熟飯。所以我看他一眼表示我不會讓他進來。

「呃，我該走了。」

我又打給聖戰2000。

「哇，呃，這不是我的名人朋友嗎，」他回答，「這次你又闖什麼禍了？」

其實我沒陷入什麼麻煩。我問他查到了什麼。

「不多，」他說，「我想我們面對的是個專家。」

他說「我們」，等於宣稱這也是他的問題。這是好跡象。表示他仔細查過了，追蹤那個威脅，最後發現了他從哪裡上線。整天坐在輪椅上，反正沒別的事做。

「其實我沒那麼努力找。只是到處看看……」

嗯，意思是必須賄賂他才會認眞找。

「那我們該怎麼辦？」我問。

「好啦，我會抓到他。首先我要知道你會怎麼犒賞我的努力。」

「直說吧，你要什麼？」

「你。」

他對我的感情只是單戀。我不喜歡性虐待的關係。我送了帕米爾給他，我手下跟他癖好相同的小姐，她設法娛樂了他一段時間。

「門都沒有，」我說。是眞的。

「昨晚我看著你眞的很興奮。皮褲……還有你穿的那雙鞋……」

我知道這些是戀物癖的最愛，但我毫無打算讓聖戰2000亢奮起來。

「我們是朋友，唉唷！何況這樣對帕米爾失禮。」

「那又怎樣？……朋友也會嘿咻……我看著錄影打手槍呢。」

我無意繼續這段對話。再扯下去，會轉變成糟糕的電話性愛。

電視會把我變成最新的搶手名人。從計程車司機胡笙到凱末爾．巴魯蘇，別名聖戰2000，我過去的調情對象似乎都想起了我的魅力，對我念念不忘。

我餓得胃痛起來。我忍不住想起澎澎的邀請。我匆忙準備好出門。我的胃渴望著南瓜捲餅。晚點我再去醫院。

4

我胃裡塞滿了美味的南瓜捲餅，無精打采地來到南丁格爾紀念醫院，發現眼前人山人海。一個接一個名流人士走進去探望蘇海爾。每道門外都有幾個攝影師把守。他們擺出適當的角度，拼命捕捉進出的每個人，無論是不是名人。以我最近的暴紅程度，倘若我不是素顏跑來，加上穿著相當平凡保守的男裝，一定沒辦法躲開他們。但是這樣僞裝後，我肯定可以掩人耳目。唉，我的知名度一天內就結束了。

有隻手拍拍我肩膀。

「哈囉。」

是知名八卦專欄作家柯拉爾．柯恩。他盯著我，一頭炭黑色捲髮，胖臉，無論在看什麼總是露出驚訝表情的眼睛。我認出他之後微笑。我認識柯拉爾．柯恩很久了，他總是能逗我笑。他到處遊走，跟所有人交朋友，但沒有特別親密的。無論聽說什麼，他都寫在專欄裡或上電視去講，一點兒也不質疑眞實性。然後，頂多一週，他就能跟被八卦誹謗冒犯的人重修舊好。簡單說，這就是柯拉爾．柯恩。

他在追某件事，而且找上了我。

「昨晚我看了節目，」他翻翻白眼說，意思是他很喜歡。「我想他沒事。這會讓收視率提升一點，如此而已。」

「你說這全是安排的？」我驚訝地問。我習慣了柯拉爾捏造的陰謀論，但這次，老實說，似乎有點離譜。

「看不出來嗎？」他說，「每個電視頻道，今天每家報紙的頭版都有他。收視下滑的節目還有什麼更好的辦法？」

喔，原來我上的是冷門節目，收視正在下滑！

「那電視畫面怎麼說？」我問，「他受傷了……緊急送醫……還有醫師們說的那些話……」

「親愛的，他在演藝圈。他可以輕易安排這一切。」

爲了表示他的解釋正確無誤，話題到此結束，他迅速往別的方向轉頭。

「但我還是被威脅了，」我說，「昨晚我收到了幾十封威脅信。外面有個神經病說，有本事就來抓我，否則我會一個一個殺掉你的親友。或者你懷疑那也是假的？或許爲了效果？」

他臉上的表情告訴我他認爲我很傻。我剛說的話完全違背他的推論。他看來彷彿無法相信自己的耳朵，彷彿我說錯了什麼。他扮個鬼臉，像吞下一匙噁心的咳嗽糖漿那種表情。

「你擔心蘇海爾嗎？」

「當然，」我說，「當然擔心。無論你怎麼看，都不是開心的狀況。況且，我當時在場。我全聽見了。是衝著我來的。」

「你報警了沒？」

「沒有，」我說，「我可以保護自己。」

「你很有自信，是吧？」

「不敢說很強，但是沒錯，我有。」

有輛深藍BMW駛到醫院門口救了他免於回應。他和其餘記者一起湧向那輛車。媒體往目標互相推擠持續騷動，包圍車子的人群圈圈聚攏。

我見過剛來的這個人，知道他是蘇海爾·阿爾金的朋友。貝迪罕·安德博士，宣稱他的專長包括藥草療法的健康飲食專家。多虧他的著作吸引一群讀者和信徒之後，他開始每週固定替一家主流報紙寫專欄，最近也開始在蘇海爾的頻道主持節目。他解釋如何用藥草製藥，哪種藥草對哪種疾病有用。他也找他治癒的人當來賓，聽他們表達永恆的感激，臉上掛著假裝謙遜的表情。其實，他像孔雀一樣驕傲。

他對著塞到面前的麥克風說話，說他多麼難過，把這事件描述成大悲劇，說明會盡一切努力治療蘇海爾，但是終究，一切的核心只是內在慾望與天意。我無法忍受貝迪罕·安德散發出的無聊光環。他總是鬍子刮乾淨，頂著完美打理的髮型，金框眼鏡閃閃發光架在鼻子上正確的位置，雪白襯衫燙得筆挺，西裝僵硬，褲子也燙過。或許最糟的是，任何有點腦子的人都看得出他宣稱自己發明的藥草療法其實可以追溯到幾百年，甚至幾千年前。更讓我生氣的是他宣稱在西藏寺廟住過一段時間，他是來傳播在西藏所學知識的使者。連我祖母都知道他宣傳的至少半數內容，此外，我們的靈氣團體中也有些興趣與知識相近的人。況且，他們學到同樣的東西都不用大老遠跑去西藏！簡單說，我討厭這傢伙。雖然我相信他教的東西，但我討厭他自我標榜的推銷方式。

我猜想，如果我把他名字告訴那個瘋子，他會不會優先瞄準貝迪罕．安德博士把他幹掉？我被自己的邪念嚇到了！

因爲人群與騷動，我似乎無法進去探望蘇海爾．阿爾金了。老實說，我也不是那麼難過。吃一份捲餅之後，感覺懶散用溫暖的擁抱慢慢呑噬了我。

這時候，來點肢體運動對我有益無害。我決定去見瑟梅特師父上例行課程：用太極暖身，拉筋，平衡我的能量，然後練合氣道。我跳上計程車前往他家，他總是說在烏魯斯的高級社區，但我會說只比相當平凡的奧塔科伊區好一點而已。那是棟舊大樓，他在同一樓有兩戶公寓。一個自住，另一個用來上課。他收了些每週固定日子固定時間來上課的班級，但我不屬於任何班。剛開始我是家教學生，當師徒關係轉變成友誼，我變成隨時想來都可以，有時候只上門聊天，跟師父一樣精通合氣道或許還即將超越他，師父偶爾會承認。

可俯瞰博斯普魯斯海峽的馬路邊具有一切繁榮成熟的標誌，對面也是中產階級調調。在中產階級的這一側就是瑟梅特．奇里斯住的地方，隨時嫉妒地算計如何能升級到對面去。

「我要把學費漲一倍，」他說，「想想看，整個上流社會都會蜂擁而來！」

爲了吸引新顧客，他親自開始去學柔術。「那是完全不同的原理，」他說過，想吸引我去學。

由於最近掉髮日益嚴重，他剃了光頭然後宣稱，「看，這下我好像西藏喇嘛了。」他確實瘦得很像。他穿寬鬆長褲與棉質外套或上衣，只在腰間綁一條腰帶。而且總是穿他特製的軟鞋。關於保護動物他超敏感的，所以寧可不用皮革。自然，他也是素食者。

鐵門的鎖壞了，所以我推開門走進去。小花園裡種了草皮，但是疏於照顧變荒蕪了。

我走上樓梯時，感覺我在澎澎家吃的南瓜捲餅把我往下拖。澎澎是一名傑出的廚師，她可以大勝任何家庭主婦。她從不吝惜材料，尤其奶油：「風味就靠這個，」她主張。我純粹貪嘴吃下的第三塊捲餅這時令我良心不安。但瑟梅特師父總是喝綠茶。喝杯熱茶之後我會感覺好多了。

我停在三樓的平台上。我聽見熟悉的旋律。輕音樂來自他家對面的那戶，但是工作室的門敞開著。我猜想是不是我在上課途中打擾了。但是誰會在這種時候來呢？大家都偏好在早晨或下班後上課。

如果他們在練太極，需要高度專注，我輕聲說了句，「哈囉，是我，」我走進工作室的門，盡力不發出噪音。沒人回答。他們或許在後面某個房間，跟我上課時一樣。上課用的這戶公寓沒有任何家具，以便人群快速移動。我走進去發現牆邊堆著折疊好的體操用薄墊子。房間裡沒人。

「師父……是我……」我又大叫。

接著我迅速走過短走廊進入我們例行上課的房間。

瑟梅特師父躺在地上，身旁有一杯沒喝完的綠茶。他一動也不動。瞪大眼睛，盯著天花板。他死了。

5

我知道不該亂摸東西，應該要馬上報警。但是，震驚傷心之下，我癱坐在他身邊地上。我想學電影那樣闔上他冰冷的眼皮，但我輕柔的撫摸無法做到。我不想要亂搞遺體。就讓它維持原狀吧。

風暴在我體內醞釀。我想大叫，大喊，痛扁某個人。我學會了面對死亡時保持冷靜，但在心裡，我還是不習慣。我體內湧出一波憤怒，幾乎吞噬我的理性。

他身上沒有血跡或傷口。所以他不是中槍。他的死因有待法醫鑑定。可能是心臟病，或完全不同的事。但這如果是那個瘋子幹的，等找到他我一定要整死他。

天曉得我在師父身邊坐了多久。我想伸手去握他的手，但我沒有。那雙手打過我全身上下各處，教過我如何閃避與阻擋攻擊。他手上血管很粗，指節很大，方形的指甲。讓我想起最近剛看過的一本書：《你是誰？看清自己的101個方法》。此書包括101種自省的肉體、智能與心理方法，它說這種手掌和指甲象徵優雅與活力，喜歡美麗與和諧。號稱哲學家的手。屬於有分析力、哲學性、溫馴、包容、正義感強烈、追求眞理的人。所有特徵都符合瑟梅特·奇里斯。他不應該橫死。

事實上，我就是無法接受他死了。我懷疑我感到的不公平是因爲他死，還是爲著我個人的損失。

我陪他等到警察抵達。瘦小又性急的警長非常討人厭。從他上下打量我的樣子，顯然從一開始我們就不對盤。我決定如果他刁難我我不會退讓。畢竟，我在警界的老朋友，偉大的賽錫克．塔揚會罩我，加上我收過警方的幾十封感謝狀。

我告訴他發現屍體的經過。還有我的身分。我提到了一兩次賽錫克的名號。但是從他的反應看來，對這個名字似乎不熟。

「呃，我想我該走了，」我說，「我給你我的地址。如果有需要你知道怎麼找到我。」

「不可能，」他咧嘴笑說。

「唉唷，為什麼？」

「你是我們唯一的證人。」

他修長乾淨的雙手我認為對警察來說太小了。我總是會注意別人的手。他的指甲似乎修剪過。該不是都會美型男的風潮也傳到警方內部了吧？

「你根本不確定死因是否可疑，」我切換到防禦模式說，準備打給賽錫克。

「我沒說你是嫌犯。我說你是我們唯一的線索。他有朋友或家人嗎？我們該通知誰？誰會安排葬禮？」

對，這些都是合理的問題。這時我才發現我對瑟梅特．奇里斯了解不多，即使我們已經合作多年。我認識他時他離婚了。他有個拒絕見面的女兒。她住在南方某處，安塔利亞或梅辛之類的。我想她結婚了。這房子是瑟梅特．奇里斯的。我不認為他特別富裕。不過他確實夢想著搬到馬路的另一邊，但他不貪財。就這樣。我眞的幫不上什麼忙。

方臉警長動作很快，活力充沛，固執又一板一眼。額頭與下巴一樣高、臉頰寬闊的人都努力工作、愛批評、嚴厲又缺乏包容力。這位樣本的表現正是如此。忽然我發現《你是誰？》已經深深影響了我的潛意識。但話說回來，那本書正確無誤。

「那我們怎麼辦？」我問，「你要拘留我直到法醫報告出來嗎？」

「喔，不，不用，」他試著陪笑說，「我們根本沒地方關你。」

「所以呢？」我說，用諷刺暗示他最好盡快結束這件事。

「我不知道，」他嘲弄地說，「我們沒碰過這種事。我必須打電話問我上司。」

「OK，好吧，那我打給賽錫克．塔揚。」

我不打算呆坐著等他。賽錫克的秘書早已認得出我的聲音，馬上幫我接通。首先我謝謝他昨晚好心叩應到節目裡。我告訴他我多麼感動。板著面孔的警長緊盯著我同時專注地聽我吐出的每一個字。

「我有問題了，」我說。

「否則你不會打來，不是嗎？」

這並非表示譴責。其實他永遠有很多事情要忙。

「我知道你很忙。你是重要人士。我不想打擾你。」

「我了解，」他說。語氣裡有點諷刺。畢竟，如果我這麼在乎打擾他，現在爲什麼這樣突然打給他呢？

我說明了狀況。

「讓我跟他說，」他說，指的是方臉警長。

「他要跟你說話，」我向警長說，同時把我的手機交給他。

他接過去，一臉不滿地顯示他不認為我值得他理睬，既然他不認識電話那頭的人，他無意把這個賽錫克．塔揚當一回事，無論他是誰。

用傲慢地假笑，不太服從的語氣，「喂，」他說，然後自我介紹。

警長名叫希爾米．庫洛格魯。他是刑事組的主管。

輪到我了。我盯著他。無論賽錫克說了什麼，方臉的姿勢立刻改變。他身體呈立正姿勢。臉色變得又白又紅。我倚著牆壁雙手抱胸繼續盯著他，其中樂趣妙不可言。突襲報復也是小確幸的來源。

無論賽錫克說啥，只聽到方臉警長這邊偶爾穿插著「是，長官」。

被修理之後，警長收到了如何處置我的命令。

「局長要跟您說話，」他說，畢恭畢敬地把電話還給我。

賽錫克虛情假意地斥責我惹麻煩，問到是否跟昨晚電視上的威脅訊息有關。我不曉得。我希望沒有。我誠心希望瑟梅特．奇里斯是死於最溫和、普通的心臟病。

「我查查看，」他掛斷之前說，「你別到處管閒事。這案子已經夠複雜了。」

我掛斷電話塞回口袋裡。這時我故意放慢動作。

「好啦，」我厚著臉皮說，「現在怎麼辦？」

「悉聽尊便，」警長說，小心措辭以免疏於表達出我應受的尊重。「還有，我鄭重道歉。剛才我沒聽清楚您說的局長名字，但我當然認識他。我是說，我不希望有誤會……」

對，這下他想要自保了。他提高警覺，以爲如果這個娘砲去投訴他，可能會落入相當不愉快的下場，或不必要的約談，或發配邊疆。很高興知道他在想什麼，但是我不喜歡非同志的人叫我娘砲，其實連想想都不行。我認定他們這麼做是想要貶抑我。

「咳，咳，不用擔心。或者你以爲這個娘砲會找你麻煩？」我說。目睹他被長官訓斥的醜態之後，在我眼中他已經被降級成可悲的警員了。

「不，不，先生，我絕不會用這種字眼，」他誠懇地說。

「不過你心裡在想。」

他被逮到了，他心裡有數。

「您不是嗎？」他用投降的語氣問。

「那是另一回事，」我回答。

你知道我爲何說根據個性分析他是固執又心胸狹窄的人嗎？呃，他就是，而且執迷不悟。

「今天我在電視上看過您。關於蘇海爾．阿爾金遭槍擊的新聞報導。」

我迅速收回先前描述他的形容詞「可悲」。方臉警長不「可悲」。不，他是個大白癡。而且冥頑不靈。

「我的性傾向是個人隱私不關別人的事，」我抬起頭說，「你也是。」

「但我不會穿女裝上電視向全世界宣布。」

他頑固得讓我想鞭打他。

「我要走了，」我說，「你有什麼發現再通知我。別逼我再打給塔揚先生。」

回家途中我想著瑟梅特師父，我們互敬互愛的關係，雖然以教人打架與自衛爲職業，卻是多麼禮貌又高尚的人……還有他的死狀。警方趕來。然後我想到希爾米警員。我幻想他在制服裡面穿著粉紅蕾絲內衣。網狀緊身衣……偷偷刮掉全身的毛，還化了妝，獨自在家時穿女人的高跟拖鞋走來走去……我忍不住大笑。就在瑟梅特師父剛死被我發現屍體的時候，我好幾天無法原諒自己竟然被這種念頭分心，甚至到發笑的程度。爲了懲罰自己，對自己的身體和意志施加一些紀律，我要禁慾五天。

五天，我心想。整整五天！日日夜夜……好長的時間。我隨便想出來的數字，突然這五天顯得越來越大。但我可以從昨晚開始倒數。昨晚我沒跟別人睡覺。對，其實，我的禁慾從昨天早上五點開始。作夢不算數。

6

我敬愛的瑟梅特．奇里斯師父被下毒了。微量的*Actaea spicata*（學名），又稱宿根草，被加進了他的綠茶，引起心臟衰竭致死。這個消息我不是從警方得知，而是威脅者自己說的。他已經在忙著吹噓，寄給我一封e-mail詳述他的成就。我追蹤地址找到奧塔科伊區一家網咖，意思是，我又找不到線索了。

這混蛋出賤招。他說他會每週殺一個人，但顯然無法克制，他開始天天殺人。他一定眞的很生氣，才會這樣出爾反爾。

我寄出強烈抗議的e-mail給他的每個e-mail信箱，以便他回去查看。如果他這麼做，至少他會知道我對他的看法。

聖戰2000什麼也沒查出來。他一直寫他多麼飢渴地想要我，叫我穿皮褲去他家看他，然後他要我做什麼事。想都別想。但我看得出他和帕米爾相處有了幫助；現在他可以明確地說出他想要什麼。他要粗魯的性愛，有點變態那種，但不要太疼痛。我不可能去找他。這點我非常堅持。首先，我不喜歡玩SM。其次，我確實欣賞他的電腦天賦，但是聖戰2000這個人，亦即凱末爾．巴魯蘇，一點兒也不讓我心動，其他身體部位也沒反應。目前看來，永遠不會。況且我在禁慾。出於對師父的尊重……我必須保持堅定不搖——眞正的鋼鐵意志！

想到禁慾開始讓我激動起來，神經緊繃。原來我低估了這個瘋子，他在短短廿四小時內精準出手兩次，從有殺人傾向的變態變成了不折不扣的殺人狂。

我的電話嗶嗶響，提醒我半小時後我有一場靈氣聚會。我完全忘了。我答應過會出席。我們要治療一個年輕的多重硬化症病患。靈氣，起初我對它毫無信心，結果對各種疑難雜症卻有神效，包括多重硬化症。我在美容院朋友，就是血紅色假髮的阿菲的推薦下參加了一次聚會。「反正靈氣不會讓疾病更糟，」她說過，「如果能提供一些安慰對我們也不錯。」

阿菲其實是法語老師，被她老公的同事介紹接觸靈氣。她立刻著迷也很快看到了效益。「我的老毛病週期性偏頭痛全好了！」她告訴我，「多年來我試過書上的每種藥，人類已知的每種民俗療法；沒有一樣見效。但靈氣做到了！現在我可以盡情大喝柳橙汁狂吃巧克力，沒有後遺症。」

某天在漫長的護膚和全身海藻按摩期間，她不斷談論靈氣煩死我了，直到我終於同意去試試看。畢竟，又不會死人，對吧？「這地球上的一切，從我們躺著做海藻按摩的桌子，從我們走路的人行道到我們的肉體本身，一切都是由原子，能量粒子構成的。靈氣只是調整我們體內的能量以達到平衡。畢竟，我們體內能量不平衡才導致了精神與肉體疾病。我們的管道可能失效、萎縮或阻塞。有了靈氣，我們重新打通這些管道以創造適當的平衡，」她總結說。因爲我不喜歡吃藥，也認爲科學醫療嘗試在我們身上進行研發治療，我毫不認爲這個觀念奇怪。我只是對現代醫療沒有信心，它常禁用廿年前廣泛使用的藥物，否定卅年前做過的手術，直到一九四〇年代還在做野蠻又災難性的腦白質切除手術。一面擦拭搭配紅髮的名牌眼鏡，阿菲一面解釋說，「我認爲我們竟然忽略可追溯幾千年的中國醫療配方與西藏喇嘛的療法，實在太荒謬了，它們已經可以治療至今連科學醫藥仍無法解決的牛皮癬等疾病呢。」這太神了──我要加入。

今天的聚會在埃米爾干區古爾·塔梅的公寓舉行。這種騙人的建築從外面看來讓人以爲一定有海景，然而事實上，根本沒有景觀。來開門的是巴哈迪爾，在我夢中縈繞不去的人。陽光下他似乎更好看了。他有明亮的粉紅嘴唇，看來彷彿剛被吸吮過。他上下打量我，然後微笑。

「歡迎。請進，」他說。

他講話時性感的喉結會上下移動。

還有他的聲音，先前在夜店噪音中我聽不太清楚，也超性感的。呃，這傢伙是古爾的男友而且我剛開始禁慾，爲什麼會讓我瘋狂迷戀？爲什麼我剛剛竟然覺得羞怯，像少女一樣？我極力保持外表冷靜，伸出我的手，然後，我們一握完手，趕緊縮回來。

「你知道嗎，有個老牌女星叫奧黛莉赫本，你很像她。」

我大樂，被俘虜，已融化。這是我最愛的讚美。我甚至願意原諒他稱呼奧黛莉爲老牌女星。靠著神奇的自制力，我勉強站穩腳步沒有倒在他懷裡。然後我飄進去，宛如漫步雲端。古爾正在後面房間訪談病患準備進行療程。團體的永久班底，沉默的卡維特·阿特斯和塔羅牌專家安德莉普·圖翰，都已經來了。

雙手按著腹部瞇起眼睛，卡維特·阿特斯像達到涅槃的佛陀似的坐著微笑。他坐著點頭向我打招呼，臉上的笑容保持安祥。

我初次聽到安德莉普這個罕見名字時很驚訝，那是土耳其語的夜鶯之意，但是很快我就記住了。至於不斷在發推文的安德莉普·圖翰本人，如果你問我，她不只少根筋。她是相當矮胖的黑髮妞，每次走動時總是在玩她側面的捲髮。至於衣服，她顯然什麼都敢穿，用奇怪的衣服把自己層層包裹起來，像洋蔥似的，用各種誇張的首飾裝扮自己。我們初次見面時她在衣服外面穿蕾絲襯裙，用巨大的窗簾繩帶綁著像睡衣般的寬鬆長褲褲腳。

「她故意的，」古爾注意到我的表情之後說，「她認爲如果她打扮成怪胎，人們會覺得這個算命師比較靈。」

今天她用看似白蝴蝶結的東西裝飾捲髮，但仔細一看其實是件男人的棉質短褲。沒錯，是內褲。安德莉普把內褲在頭上綁成蝴蝶結，讓頭髮從褲腳穿出來。腰帶一路蓋到她的額頭，上下顛倒印著「Calvin Klein」。當然，她發現了我在看哪裡。

「我在網路買的，」她帶著甜美的微笑，用輕快的聲音說。「是凱文·史貝西的褲子。他至少穿了一天。我付了不少錢競標。如果我不拿出來到處秀一下會很想死。」

她乾笑，全身都在抖動。

我知道有些網站宣稱販賣名人服飾與內衣。有一次，我也參加競標，爲了Colt雜誌模特兒約翰·普瑞特的原味四角內褲，但聽了澎澎警告後恢復理智退出競標。「八成是假貨，唉唷我的天，」她說，「如果有笨蛋會買，我也要開始自製名人內褲和胸罩。」雖然我被澎澎歸類爲笨蛋沒辦法生氣，但我默認；她說得對。

我不知道如果我告訴她這件事，安德莉普會怎麼想，會說什麼。

她已經轉身去和巴哈迪爾分享內褲的詳情了。

「剛寄來時上面還有他的味道。男性化的體味，混雜著一點香水。密封在塑膠袋裡。但後來味道消失了。你或許也猜得到，我超愛凱文史貝西。每次看見他我都會心跳暫停。我已經數不清看過多少次《美國心玫瑰情》了。我解讀過上百萬次塔羅牌，但是可惜，他不在我的命運裡。喔，好吧。我只好用他的褲子湊和了。」

她說最後一句時，撫摸著內褲彷彿是穿在凱文史貝西身上。

我沒告訴他們瑟梅特死了。反正我高度懷疑他們有人認識他。況且，我不希望他們驚慌。

我們的病患是在銀行上班的廿六歲女性。她患多重硬化症四年了。在發作期間，她飽受疼痛煎熬，如今再也無法忍受。她聽別人推薦連絡了古爾。

我們邊聊天邊喝巴哈迪爾泡好端來的茶。我喜歡會做家事的男人。但我不認同巴哈迪爾在這麼短時間內安頓下來變成家庭一員的方式。扮演主人的角色對他還太早。

風水與水晶治療專家維爾丹．卡拉薩抵達時我們快喝完茶了。照例，她遲到而且很焦慮。她一邊握手一邊和下一個人講話，把包包丟在牆角，外套放在椅子上。然後她走過去開始翻找包包，沒拿出任何東西又走回來。短時間內她成功顯示了像傳染病一般散播焦慮的高超天賦。她宣稱能量的平衡不對勁，要求大家站起來，改變所有人的位置。她讓我和巴哈迪爾並肩坐在同一張沙發上。所以專家認為我們的能量是平衡又相容的。這個念頭可能讓我分心，不曉得神遊到哪裡去，但是，唉……

換座位活動無助於紓解她毫無來由的焦慮。相反地，她只成功感染了其他人。

「我要冷靜下來……冷靜……」她反覆說，從包包裡拿出一大顆粉紅水晶球，閉上眼睛同時用雙手緊握高舉。在粉紅水晶影響下我們都慢慢冷靜下來。至少感覺到冷靜下來比較愉快。無論最後發生什麼事都要歸功於信仰與信心。不管我們相信什麼會讓我們感覺愉快，它都有效。

我們的療程持續了大約四十五分鐘。我們送走病患後回來開始聊天。

風水專家維爾丹開口就說她看到我上了電視。然後他們逐一承認他們也看了我的節目。

「親愛的，」維爾丹說，「既然你開始上電視節目，何不也去上布凱的節目？她前幾天提過。她想邀請密宗修練者哈坎．阿金希和我。我寧可跟你上節目也不想跟那個性狂熱的變態。我們談的會有趣多了。那傢伙老是談密宗，把性愛看成一切的目的。」

「眞的有夠煩……」安德莉普嘆道。

維爾丹認爲說這種話很失禮，回答說，「唉唷，我學過也試過……要花很多時間。」

「那更好！」安德莉普拋媚眼說，「還有什麼不滿足的？」

「一點也不是你想的那樣，達令。男人不能射精。同時，你得把自己扭曲成上百萬種特技姿勢。你的背，你的腰，你的肩膀……隔天你會全身痠痛。」

「對，但是親愛的，我不介意……如果你會痠痛，或許是因爲你缺少練習……」

「才怪！唉唷，相信我，一點也不像把男人內褲戴在頭上走來走去，額頭上寫滿了『我很色』。我試過，我知道，我告訴你，很不舒服。但你不肯相信我！」

我剛接到上新節目的邀請，馬上淹沒在安德莉普和維爾丹爭論的泥淖中。如果她是認真的就會打電話給我。我會考慮。我上過一次電視，看看後果；我根本不願意去想像如果再去一次會發生什麼事。

古爾忍不住好奇心，插嘴說。「維爾丹，你是說你跟那個噁心的哈坎．阿金希睡過？」沒有人敢主張哈坎．阿金希很好看，或有魅力。那個人又醜又陰沉。

「對，」維爾丹冷淡地說，「爲了練習一下……」

「你的不滿可能是來自那個人本身吧？」古爾暗示，眞的很好奇。「因爲密宗其實挺不錯的。」

我根本忘了他存在的卡維特．阿特斯發出幾個怪聲表達他的同意。什麼？古爾和卡維特也學密宗？好吧，我能理解古爾。她是美女，上得了檯面，但是卡維特！活像佛陀的卡維特！我在這群人裡面算是唯一天眞的嗎？

「我從來沒試過，」我天眞地說。

「沒必要，」維爾丹脫口而出，「一定要，」同時古爾堅稱。我輪流看他們兩人。

古爾伸手去握巴哈迪爾的手，「我的個人意見，」她風騷地說。

原來他們兩個……練密宗……從那小子驕傲的姿態看來，答案肯定是 yes。

7

回家途中，我的手機收到簡訊。是個預付卡號碼。我打開簡訊，希望是某個我給過號碼的英俊貧窮男，要求我回電以免他餘額用光。

「我知道你在哪裡跟誰在一起，」裡面寫。夠了！

我立刻回撥螢幕上顯示的號碼。打通了，但果然沒人接。原來這個神經病掌握了我的秘密號碼！想想他迄今的成就，我發現他不容小覷。顯然他不是虛張聲勢。

他在跟蹤我。我從來沒有偏執地習慣查看我是否被人跟蹤。所以即使他跟蹤我，我也不會留意。我忍不住轉身看看後方。我們在車陣中牛步前進。他可能在周圍的任何一輛車上。

我臉上發熱。「怎麼了，先生？你還好吧？」身穿便服的司機問，從照後鏡看著我。

「嗯，我沒事！」我脫口而出，語氣完全沒有說服力。

我在靈氣課程中達到的內心平靜與祥和狀態不見了。晚上的交通糟糕透頂。我們走得像蝸牛一樣。

我必須專心在別的事情。我必須想想其他事情好擺脫那股籠罩著我的恐慌窒息感。最簡單的辦法是照例回顧奧黛莉赫本的電影。她和誰合演，她在每部片中穿什麼衣服，諸如此類。最先想到的電影正是當下我最不願想的：《盲女驚魂記》。片中，奧黛莉飾演盲女，有個瘋狂兇手在追殺她。殺手闖入她家，可憐的盲眼奧黛莉必須拼命自救。亞倫・阿金飾演瘋狂殺手。特別令人不安的是，奧黛莉的作品中，大多數我看過幾十次了，我竟然先想到這部特別黑暗的片子，而我只看過兩次。這是奧黛莉後期作品之一，低預算的B級片。當然，那時她的青春或許稍微褪色了，但她仍跟以前一樣迷人，演盲女很有說服力。唯一問題是，她整部片都穿同一套衣服。加上劇情令人緊張兮兮。自己家裡竟然有個瘋狂殺手！

天快黑了。我想到這個季節很早就會天黑。我不想回家像奧黛莉赫本在空蕩蕩的屋裡閒晃，想著《盲女驚魂記》而充滿恐懼情緒。我感覺很不舒服，也非常焦慮。

據他所說，我估計這個瘋子無意殺我（如果想殺我，他早就得手了！），而是讓自己被我抓到。意思是我不用怕。但話說回來，瘋子先生不再遵守自己設定的每週殺一人規則。他已經失靈的心智可能完全短路，讓他決定把我也幹掉。如果要戰鬥，我隨時能夠打倒他。但我無法抵抗毒藥或子彈。是說，誰有辦法呢？如果他想要，可以埋伏射殺我，或像其他陌生人走進店裡把不明毒藥混入我的飲料；如果他眞的想要，甚至可以用炸藥同時幹掉我和店裡一大群小姐。我該怎麼阻止他？門口的肯尼只是擺好看的。他只能阻擋明顯的麻煩製造者，解決店裡發生的小衝突。如果有人要帶毒藥或炸彈進來，沒人會發現。

雖然兇手宣稱他不會殺我確實讓我鬆一口氣，仍無法驅除我獨自回家的不安。仍然有潛在的風險。我的直覺有時候很準。這天的靈氣練習一定讓我變強了。

不，我不想回家。

我可以去澎澎家。她的開朗對我會有幫助，但也可能太過火反受其害。我放棄這主意。

我可以去找依佩坦，如果她在家。她會大聊每個人的八卦，光是想都很累人。我也放棄這個選項。

我可以去拜訪賽錫克和艾拉，我已經拖延很久了，但是現在去還太早。賽錫克和艾拉都還沒下班回家。我知道賽錫克工作到很晚。這個選項也自動淘汰了。

我可以招待自己去五星級飯店的咖啡廳吃塊美味的蛋糕。那樣會讓我發胖。跟我睡覺的人都不討厭稍微豐滿的體型，但我認爲那一點也不適合我。每當我胖個半公斤，我立刻開始節食並且上健身房。不過，我最近的嗜睡狀態導致我完全沒上健身房。所以招待自己吃蛋糕的主意也被拋諸腦後。反正我用澎澎的捲餅儲存夠多脂肪了。又一個選項打叉！

交通開始流動，我們正迅速抵達我家。我最好打定主意，而且要快。

我終究要回家不是嗎？沒地方可逃。畢竟，那是我家。想清楚之後，我開始專注在回家的選項。

我可以打給哈山叫他過來。有伴總比落單好。我喜歡這個主意。但哈山的手機關掉了。我吩咐他多少次了在白天不要關機？今晚我得好好修理他。

我打給計程車行，這是最後的希望。如果胡笙在，我就叫他過來。他最喜歡在這種時候派上用場，他的說法是「扮演偵探」。他可能自以爲是藍波之類的吧。

胡笙在車行裡。我省略細節只告訴他我需要他，到我家門外等我。天曉得他在門外等待時會怎麼幻想，離譜的情節，想出什麼性暗示，像火雞一樣自滿。至於他會怎麼向車行的人解釋，會尷尬地畏縮或開心地扮演「叔叔」配合我這「阿姨」，誰知道？

我的計程車司機專心聆聽。顯然他正在努力理解我所說的話。我冷淡地往照後鏡微笑。他看得懂暗示。他趕緊移開目光。

胡笙把車子停在我指定的公寓大樓門外正在等我。他看到我走出不是他開的計程車有點受傷。難道他指望我一路走回來嗎？

「我可以去接你，打個電話就好，」他說。

「唉，別裝嫉妒。別傻了，我在外面當然會搭別的計程車。你又不是我的私人司機！」

「對，因爲你知道我們不會發展到那個程度，」他無恥地說，「欸，是你叫我們到這裡來，對吧？所以我毫不猶豫，立刻出發。」

胡笙講話的方式不太對勁。有些話我從來沒聽他講過。他的語氣、措辭、用第一人稱複數指稱自己的方式都是典型的江湖用語，很不像他。畢竟，即使在最不愉快的情境中，胡笙都很注意他的禮貌。

我無意在鄰居面前出糗——尤其是愛管閒事的費迪，他不知何故幻想可以跟我平起平坐，以爲我們很熟——在家門口大吼大叫。有趣的是，整棟大樓只有我家和費迪家沒燈光。其他住戶都在家。我上車。不是我通常坐的後座，而是他旁邊的前座。

「我不敢相信我的耳朵，」我眞心地說，「這些黑話是怎麼回事？你從哪裡學來的？」

他茫然瞪著我，彷彿我剛說了全世界最奇怪的事情。這種時候他通常會微笑。但這次他沒有。

「唉唷，說話啊！」我終於發怒大聲說。

「應該開口的人是你。是你叫我們過來說有重要的事情。」

他說得對。我深呼吸一下。

「抱歉。我有點昏頭了。」

我向他說明狀況。我省略關於奧黛莉電影那部分。只告訴他我不想單獨走進家門。

「我懂了。你要用我們當誘餌。我們要進去看看是否有陷阱之類的。」

「不是，」我說，「沒有陷阱。我只是不想自己進去。」

忽然他臉色一亮。我幾乎看得見他腦中閃過的骯髒念頭。

「不對，」我又說，「不是你想的那樣。」

我不想讓他抱著無謂的期望。況且，我在禁慾。

「我在想什麼?」他假笑說。

「唉唷，我知道你在想什麼。我們可以坐下喝杯咖啡。或啤酒，如果你喜歡。」

我個人不喜歡啤酒，但我冰箱裡總會留一些給訪客。最近又開始流行了。我想是美國電影的影響。如果問他們想喝什麼，連你最意想不到的人都回答「啤酒」。而且是喝罐裝的!在從前，只有老伯伯喝啤酒，而且連他們都喜歡瓶裝的。

我們跨進門檻之前，我已經後悔邀胡笙過來。他一定會一直勾引我，花招百出讓我興奮然後誘惑我。過去犯的錯誤又回來了。但話說回來，在我記憶中，他的表現好到不該歸類於錯誤。那次還是在他被痛毆一頓全身痠痛的情況下。但我在禁慾。我腦中閃過的念頭不可能會實現。

我努力在腦中回想瑟梅特師父的屍體。如果我能清晰地想起來，我就會充滿對瘋狂兇手的憤怒，能夠壓抑我的色慾。

如果眞的有撒旦，他在這種時候一定很努力。誘惑，出軌，否認，魯莽：全是他的罪過。我不僅無法回想瑟梅特師父，還想像起我跟胡笙的冒險，非常活靈活現。

我趕走色情的念頭。這種時候需要鋼鐵意志。但是回想過去，我發現或許我不該這麼相信自己的意志力。無可否認，我的紀錄一點也不優秀。

8

當然，我家裡沒人。答錄機錄了幾十通留言，上面的燈在閃。我趕快在家裡到處看看，胡笙跟在我後面。我第一次轉身時我們相撞。他露出自認性感的笑容。我不理會他繼續搜尋。我連櫥櫃裡都搜過。沒人在。也沒人暗藏蛇、蜘蛛、蠍子或蜈蚣。是的，我不太喜歡那些多足生物。我鬆一口氣。呼！

我給胡笙一罐啤酒，他正坐在沙發上伸懶腰往胸口抓癢。

「想看的話就開電視，」我說，「我在裡面有些事要辦。」

「你有電影嗎？」他問，「我是說ＤＶＤ……」

他表明是指藝術片。

出於惡意，我可以給他一片晦澀的安哲羅普洛斯電影，裡面每個場景都漫長得像永恆。但我沒有。

胡笙還沒開啤酒電話就響了。我接聽。

「跟你在一起這傢伙是誰？」已經耳熟的聲音說。

我很驚訝。他居然在監視我。

「喂！」我說。

「他是誰?」他又問。

「你哪位?」

「你知道我是誰。別裝傻。這不像你。」

胡笙懂了,不是從我的語氣就是看我臉色變白,有事情不對勁。他走到我旁邊疑問地看著我。

「喂……」我膽怯地說。

「你不像我期望的那麼靈光。你一點也沒行動。我開始認爲你其實不太在乎身邊的朋友。你的時間都花在市區亂跑。這不像你。」

我把話筒稍微離開耳朵讓胡笙也聽見。整個攝影棚的觀眾都聽過他的聲音,沒有理由不能讓他聽。

「你想幹什麼?」

「要你來找我。意思是,如果你找得到。等你找到我看見我是誰,喔,你一定會喜歡……但是,以這種速度,恐怕你永遠抓不到我。」

他的自信很煩人。他用若無其事的口氣談到他的罪行,彷彿只是告訴我他午餐吃了豆子。

「我爲什麼要抓你?警方可以處理,」我說,不過連我都不相信。他歇斯底里地爆笑起來。

「他們不是這塊料,」他說,「你是唯一可能了解我線索的人。意思是,如果你像自己宣稱的那麼聰明。」

「但是爲什麼？」我追問，「爲什麼？」

「來吧，就當我們玩個遊戲，」他開朗地回答，「想想看！鬥智！大賽跑，大追逐！追捕你的獵物！在最後還有大獎：就是我！而且比我們至今玩過的任何遊戲眞實多了，相信我！」

我似乎對上了嚴重病態的瘋子。如果他的腦子眞的如此運作，即使他被逮，終究會逃過刑責。他只需要訴求精神異常。他們會把他關在精神病院三、四年，然後一有特赦的機會，他就會因表現良好獲釋。

「我的電話被竊聽了，」我告訴他。

「眞好笑，才怪！我用手機打給你的。你找得到號碼，但找不到我的位置。這是預付卡的便利之處。」

當然了！說得好像預付卡的方案是專爲造福他這種瘋子發明的。買那種 SIM 卡像買包菸一樣容易。畢竟，兩樣東西在任何街角商店都買得到。隨時打給任何人說你想說的話。沒人追蹤得到你。

他停止發笑恢復冰冷的語氣。「你還沒回答我的問題。他是誰？」

「你在監視我嗎？」

「你做什麼，去哪裡，見了誰……我都知道。」

原來我被跟監了。俗話是怎麼說的？就因爲你不信，不表示他們沒在追殺你。或者該反過來說？

「我不想玩這個遊戲，」我說，「懂嗎？唉唷，我不要！」

「喔，你生氣了耶！聽起來好可愛，」他又乾笑說。然後，再次恢復平淡的語氣，他非常嚴肅地說，「他是誰？」

胡笙往話筒湊近大喊，「王八蛋，關你什麼事？」

在我看來，這很不妥當。沒必要激怒這個瘋子。

「如果你不說，我會自己去查。沒那麼困難，一點也不。但是眞可惜。他聽起來很年輕。這下你逼我改變受害名單順序了。給我小心了。你就是下一個！」

胡笙又罵一句，「滾啦！」

「嘿，嘿！這位紳士嘴巴不太乾淨，對吧？眞失禮。」

他在嘲笑我們，簡單明瞭，玩他設計的討厭遊戲。但連貓捉老鼠都比這樣子公平。至少老鼠知道也看得到敵人是誰，可以設法逃走或躲藏。

「我不跟你玩遊戲了，」我冷淡地說，「你連自己的規則都不遵守。你說你每週殺一人，結果你天天出手。」

「蘇海爾那娘砲不算，」他笑說，「他只是受傷。況且，那跟你無關。我是因爲生氣才射他。」

所以他想殺人就殺人，只因爲他生氣。這下可好了……

「你還是會違反自己的規則。你不能玩遊戲不守規則！」

「我想犯規就犯規，但如果你要抓我，最好趕快。時間不多了。」

說完，他掛斷。

我轉身看著胡笙。他臉色蒼白額頭冒汗。

「這個瘋子想說什麼？」

我不能說他不用擔心。顯然，從兇手已經做的事情看來，確實該擔心。

「坐下，」我命令他。

他照做。我坐到他對面的扶手椅上。他還拿著沒開的啤酒，彷彿想從鋁罐吸收什麼力量。

他看到我盯著他，生氣地說「幹嘛？」

「什麼意思？」

「這個混蛋因為我今晚來你家就要殺我嗎？哼，我操！我眞不敢相信！我們整天都在街上工作。我們會載到各式各樣的人。好人，壞人，小偷，乞丐……一直背對著他們。什麼事都可能發生。」

「喔，得了，別反應過度，」我說，讓他冷靜下來。

「那是你這麼想。你沒聽說過計程車司機為了區區幾塊錢被割喉嗎？屍體在森林或垃圾場被發現？我們是有生命危險的！」

我沉默。他也是。我們不安地看著對方，神經緊張。我們不知該互看還是移開目光。我還能說什麼？連我都不知道為何會有這種事。我等著從惡夢中醒來，隨時醒來然後說，喔，一切只是一場夢。但我等不了太久。

「不如我請假一天吧？⋯⋯但那不是辦法。我負擔不起。況且，我要躲哪裡？又沒人規定那個混蛋必須在車上殺我。如果想要他可以趁我睡覺時來殺我。」

「喔，拜託，他又不是可以無聲無息移動然後突然出現在你面前的死神。」

「當然，你沒什麼好擔心的。被威脅的人是我⋯⋯要被犧牲的倒楣鬼！」

我完全忘了胡笙的幼稚面。他陷入強烈情緒，下唇低垂，繃著臉孔，對全世界困惑。有好長一段時間我只看到他扮演好色情人與憂鬱小生的交替角色。他扮演起來各有千秋。

「我該怎麼辦？」他說，彷彿我可以揮揮魔杖給他答案。

「我不知道，」我誠心地說，「但我立刻去看我的留言。」

胡笙長嘆一聲，我按下答錄機的按鈕。他還是沒開啤酒。

有幾十通留言，來自各式各樣的人。一陣混亂的恭賀與致哀。我在電腦生意上的夥伴阿里打來兩次，說他有新案子要給我。雖然酬勞不多（也就是零），得到的聲望可以彌補，他心虛地說。我受夠了幫人做白工。喔，請駭進哪個哪個網站，喔，請摧毀這個網站⋯⋯我這麼做是希望能帶來顧客，但是顧客沒來。我會生氣然後駭進那些一開始苦苦哀求但不知感激的混蛋的網站。他們叫我做白工還想若無其事嗎？我又不需要聲望。我需要的是錢！

自稱全國第一與唯一的催眠治療師賽姆．葉格諾魯，也有一則留言。「現在你出名了，或許不感興趣，但我想通知你在梵天女神學會有一場愉快的小聚會。但如果你有興趣⋯⋯」接著他說明了聚會將在艾倫柯伊區的 Brahma Kumaris 大樓舉行，字面意思是「大梵天的女兒們」，重複了兩次日期與時間。清清楚楚。我無意參加。我厭倦了這種遠東教條的幻想，像野火燎原的風潮。我向來很蔑視流行的東西。看到我們同胞這麼渴求這種東西相當令人驚訝。從最平凡的風水書籍到印度教經典《薄伽梵歌》的譯本，這些外國古老的密傳突然變成了時尚。不，我不想跟梵天女神有任何瓜葛。我去過兩次聚會已經學到了他們的世界觀。我不喜歡他們似乎想強行灌輸在別人腦中的作法。我拒絕被洗腦！賽姆．葉格諾魯如果有興趣很可能會去。我拿不定主意要不要警告他。我知道他的名字也在瘋狂殺手的名單裡面。話說回來，即使他知道又能怎樣？

我該讓兇手名單上的每個人知道嗎？但那樣做會讓大家恐慌。會導致什麼後果？我該怎麼辦？我們該怎麼辦？

胡笙終於開了他的啤酒。

「我得查看電腦，」我告訴他。

「我跟你去，」他站起來說。他是大人了，我的天啊，他該不會是害怕獨處吧？

有幾十封來自咱們的瘋子的訊息；我之所以說「咱們」，因爲他現在也構成胡笙的威脅了。他似乎每次無聊就改用不同電腦登錄寄一封e-mail給我。其中一封說，「查看你的網站！」另一封是今天靈氣聚會的地址跟出席者名單。這傢伙眞的很忙。他得像我肚裡的蛔蟲才能知道這麼多。很像我肩膀上裝了個攝影機走來走去。

聖戰2000問情況怎麼樣，又在玩性暗示。我對他在這個節骨眼、我最需要他幫忙的時候堅持把話題導向性事漸漸不悅。我坐下寫了封嚴厲的回信。我向他說明他的行爲太過分了，接著告訴他我如何面對一個瘋狂殺手，可憐無辜的瑟梅特師父如何遇害，每個跟我接觸過的人都有危險，壓在我肩上的重責大任，諸如此類。

「這不是住在比錫達斯那個瘸子嗎？」胡笙問。他載我去過凱末爾．巴魯蘇，別名聖戰2000的家一兩次。

「對，」我說。

「他想幹什麼？」

「他很擅長追蹤別人，」我告訴他。然而，這個問題至關緊要。聖戰2000該怎麼追蹤他？他怎麼可能追蹤從匿名位址上網，打預付卡門號的人？

「你應該自己來。」

當然我可以。我在另一個視窗開啟程式追蹤我的室內電話。上一通來自預付卡手機。如果我盡力可以查出卡片在哪裡買的，但販賣的商店不會知道他們賣給了誰，又有什麼用？

「看，」我說，把螢幕上出現的指給胡笙看。「什麼也沒有。毫無線索！」

他把頭湊近螢幕，彷彿這樣就能看懂。他仔細研究。

「對，」他咕噥著回答。

「查看你的網站，」他寫道。我看了。他登錄了他的新成果。瑟梅特．奇里斯死亡日期寫在他的名字旁邊。每當點擊另一個名字，螢幕就出現同樣的問句：「下一個是誰？」有一套，我心想。好吧，我的網站沒有特別防護，但要任意竄改也沒那麼容易。所以他似乎決定把每一分精力用來惡搞我。他懂電腦。他一定很閒。這是個線索！

他爲什麼對我這麼執迷呢？不可能只是對變裝者的普通執迷。如果如此，呃，街上有一大堆我們的小姐。是因爲我成了公眾人物嗎？因爲我幫忙破過幾個複雜的案子？他對我有什麼不滿？現在我身邊每個人都受到威脅。我突然變成了毒藤，任何沾上我的人都可能掛掉。納粹醫師門格勒贏得了「死亡天使」的稱號，但以這個速度，他們很快也會用來形容我！

「我最好通知車行的人，」胡笙伸手拿電話說，「免得他們擔心我。讓我告訴他們我在這裡。」

天曉得車行那些人會怎麼想，怎麼解讀。

「你不能留下來，」我放下電話說，「門都沒有。」

他茫然望著我。

「爲什麼？保持安全的最佳辦法就是黏著你。如果他要殺我而我總是黏著你，我們就一定會接觸。你就可以逮到他，輕而易舉！」

他的推論有一半沒錯。另一半我不太確定，會不會太超過了。

我放開電話讓他去打。

9

我跟胡笙的協議很簡單：好吧，他可以跟我在一起但是不能「在一起」。該是我甩掉籠罩的恐慌感恢復冷靜的時候了。我打給永遠理智的賽錫克。

「我們無法提供警方保護給你名單上的每個人。不可能，」他說。

他說得有理。

「那我該怎麼辦？」我問。

「不是你，是我們，」他說，「警方，維安人力。他們在找線索。他們找得到的任何東西。什麼都好。」

「你什麼意思？我們要等到再有人被殺嗎？」

「我不會這麼形容。」

「但就是這個意思……」

「這是遊戲，跟時間賽跑，」他說。他也稱之爲遊戲。他們用了同樣的字眼。「如果我們動作快，就能在他下次動手前抓到他。」

「我們夠快嗎？」

「毫無疑問！」他說。

「那他們目前發現了什麼?」

「我不知道,但我會幫你問。他們多少一定有進展。況且,行刺電視主持人總會有目擊證人。」

對啦,他們應該能毫無困難地指認黑夜裡從遠處開槍再跑掉的人。那些證人肯定擁有豐富的知識,對吧?

「但是,」他補充,「這案子看起來很像組織犯罪,只是似乎不太專業。」

「但賽錫克,我是親耳聽過他威脅然後發現瑟梅特・奇里斯屍體的人。」

「我不是說不嚴重。或許背後有些根深蒂固的因素。我真的不知道。」

「有錄音,」我說,「你們一定有技術性的知識。你們無法辨識聲音嗎?每個人的聲音都是獨特的,你知道。就像指紋。」

是啊,他們該拿什麼比對呢?或者如果他們有指紋,他們要跟什麼比對?他們該怎麼找出那是誰?他們有什麼檔案或錄音紀錄?警方拿得到聲音和指紋,但是查不出那是誰的。

「如果你說得對,那麼一定是認識你的人,」他說。

對。我認識的人可多了。更別說那些我不認識他但他認識我的人。

除了等待我們無計可施。

我從附近烤肉店叫了餐點。胡笙沒胃口。他沒吃完自己點的土耳其披薩,還有一份半的阿達納烤肉串。他連續灌了兩盒優酪乳。

我沒多久就準備好去店裡了。我沒心情打扮花俏。我用最簡單的選項:黑長褲搭緊身黑色羊毛運動衣。脖子上掛了大顆水晶的迷人項鍊，我在里約買的。石英和瑪瑙在大量紫晶之中閃耀：用細線串連，某些水晶彷彿懸浮在空中，簡直是銀河系的縮影。

「我準備好了，」我說，同時噴上一點香水。

胡笙從頭到尾打量我。比起他平常看我穿去店裡的衣服，現在算是居家打扮。

「唉唷，怎麼回事？」

「沒事，」他聳肩說。

「那就走吧，我們要出門。」

今晚很平靜。也是件好事，因為我隨時可能像拔掉插銷的手榴彈一樣爆炸。我把體內醞釀的怒氣發洩在某人、任何人身上只是遲早問題。胡笙一路上沒說話，認為保持沉默就能變隱形，跑去坐在一個偏僻的角落。胖子穆潔找到機會，趕快坐到他身邊。胡笙正是穆潔的菜。我監視著他們同時聽哈山詳細報告我們的哪些飲料快用光了，還有無聊的帳目概要。剛坐下來不久，穆潔就從胡笙身邊的座位上站起來誇張地甩一下頭髮。

在店內噪音中我聽不到她說，「唉唷，他瘋了！」但我可以輕易讀出她的嘴型。她走上舞台開始跳起她自認性感的舞蹈，一面甩她的頭髮。

「柏薩克，你沒在聽我說，」哈山說。

他說得對。我沒在聽。我一點也不在乎我們是否用光了兩瓶琴酒還是三瓶威士忌，或是週末賣了幾桶啤酒。

「你們又來了嗎？」他問，用頭指向胡笙坐的角落。我真想一巴掌打掉他臉上的奸笑。

但我只是深呼吸一下。

「跟我來，」我說，抓著他手臂把他拖上樓，進了我們稱作辦公室的儲藏室。他走在我前面，每一步拉一下滑落股溝的低腰牛仔褲。我們走到狹窄樓梯頂端時，胡笙的腦袋出現在底端。他跟著我彷彿我要逃跑似的，用擔心又好奇的表情看著我。

「你在那等著，」我說，努力大喊以便在刺耳音樂中讓他聽見我的聲音。

我無視哈山的竊笑，打開門猛力推他進辦公室。

我不理會他懇求「欸，輕一點！」關上我們背後的門。

「達令，看這邊，」我告訴他。當我用「達令」作句首，用那種語氣說，他就知道我很嚴肅。

他小心察言觀色，睜大眼睛。「唉，你生氣了，唉唷。」

「對，我知道，別惹我。」

怪了，哈山也開始用「唉唷」。我去里約拜訪朋友，變裝女王蘇西．邦邦．里卡度之後，哈山就肆無忌憚；變得完全鬆懈了。里卡度來過本市一次出差兼觀光，她的行程包括觀光與菈店演出。完全女性化的里卡度和哈山一拍即合。同時，哈山只聽里卡度的話又經常打電話找她讓我很生氣。她要什麼東西一說就有，等她終於離開後，她把最華麗的舞台裝送給哈山當作紀念品。所以這件從頭到腳裝飾著亮片卻只遮蔽一小部分身體的綠葉裝，就掛在我面前的塑膠袋裡。即使光線昏暗，亮片仍閃閃發光。

只跟哈山一人分享舊八卦就足以確保社會大眾立刻聽到風聲，無論關不關他們的事。他擁有用超光速散播八卦的超能力。他甚至能在廿四小時內散播到他根本不認識的人耳中。因為我知道他的輝煌紀錄，我的開場白比平常長了一點。我清清楚楚地向他說明沒空亂開玩笑或聊八卦了，我還叫他跟著我覆誦每個重要句子。

「還有達令，你或許已經猜到了，這也可能發生在你身上，」我嚇唬他說。

一聽完，哈山雙手掩嘴瞪大眼睛，但一聲也不吭。

「現在你懂胡笙為什麼跟來了吧？」

他點點頭。

然後，他將雙手按在胸口，用里卡度那種非常戲劇化的氣氛，發出足以讓男高音羨慕得臉色發青的高音說：

「這太嚴重了！」

這聲音不像我認識的哈山。當然，除非他這幾個月私下在上聲樂課。聽起來彷彿他借用了我們國寶歌手，2003年歐洲歌唱大賽冠軍瑟塔·艾瑞娜的尖叫聲。

有人敲門打斷了我們來到結論的對話。我猛力開門，以為可能是胡笙。但是，門外站著的卻是高大濃眉的露露。我無法收回原本針對胡笙的怒氣。濃眉露露退後一步。

「慢點，大姊……」她用深沉陰鬱的低音說，正好跟哈山的高頻尖叫相反。

「抱歉……」我說。我疑問地抬起眉毛。

「樓下有人要找你……」

這女孩陰沉、粗魯、面無表情的樣子真是難以形容。她總是盡量少作動作以免弄壞她的化妝或長皺紋。她好像獅身人面像；有時候她講話眼神不動，幾乎不張嘴。她還會自嘲說，「別人都打了肉毒桿菌，而我是天然養顏，大姊。」我總是懷疑她在床上是什麼樣子。如果跟我想像的一樣，那就太爆笑了。眼皮眨也不眨，嘴巴也不張太大……

我一定出神了，因為她想要解釋。

「哈山跟你在這裡，蘇克魯大哥不肯離開吧台，所以……我只好上來通知你。」

「是誰？」

「我哪知道，大姊？他找的是你，不是我。」

雖然她證明過她不是豬腦袋，偶爾這種表現還是讓人不禁懷疑：她是嗎？那些可怕的茫然目光，面無表情的臉色，雖然她是一頭金髮，卻拒染一對粗如手指的黑眉毛，彎曲右腿的樣子，還有男性化的大腳丫前後端都從閃亮的銀帶高跟鞋露出來，其中一隻鞋還倒平了，她看來還不夠像個白癡嗎。

「唉唷，別那樣看我，大姊，」她說，對我上下打量她的樣子很不自在。「你知道的，我不舒服……」

為了顯示她不舒服，她用左手摸摸頭髮，然後，體重放在另一隻腳，左腳鞋子側倚著。如果她再這樣站，鞋跟一定撐不住。

「好吧。我馬上下去，」我說。

「我該等嗎？」

幹嘛！喔，不要！

「不用，達令，」我說，強調「達令」這個字。「妳下樓吧。我馬上去。」

「OK，但我要跟客人說什麼？」

我堅持耐性深呼吸一下。

「告訴他我馬上來……」

她轉身走下樓梯，每一步都小心翼翼。她在第二階又回頭叫我。「別太久喔。我可能會有顧客上門。我可不想被你的客人絆住……」

我轉向哈山問，「就這樣囉？」

「這樣？是怎樣啦？我是說，你告訴我這些是讓我去警告大家，或是要我閉嘴找個地方躲著？」

他這麼像自己的時候眞迷人。

「你決定！」我說，然後轉身走出去。

眞奇怪，是那個方臉警長希爾米．庫洛格魯。他拿著一杯加冰威士忌站在吧台前面，東張西望，瞪大眼睛。他穿著剪裁欠佳的黑色西裝。更別提那白襯衫和領帶了。

「哈囉，」我說，盡力善用我的主場優勢，我自己的變裝國度。

「老實說，我相當驚訝，」他說，指著眼前的場景。

我對他禮貌、恭敬地微笑一下。

「局長要我們發現什麼就通知你。或許不是很重要，但有幾件事。」

他一口乾掉半杯威士忌。如果他說不出什麼有用資訊就得自己買單。

我立刻察覺了：他是來勘查場地的。滿足他的好奇心。他沒有具體的情報，只會給我一些碎屑，因爲他好奇。

「請，到我樓上辦公室談，」我說。

他乾掉剩下的威士忌，把杯子留在吧台，跟在我後面。

我們還沒走到樓梯胡笙就跑來我身邊。他表情憤怒。

「你可以叫他們別鬧了嗎？」他氣呼呼地說，「我去洗手間尿尿，但他們一直鬧我。有一個在旁邊看，還有一個伸手摸……這到底怎麼回事？」

我忍不住爆笑。顯然小姐們在逗他玩。

我保持距離指示哈山，示意他應該注意胡笙。

「不用擔心，我會處理，」我說，拍拍他肩膀然後送他走。

方臉聽著我們說話。顯然震驚得無法壓抑好奇心，爬樓梯到一半他問道，「廁所裡會發生這種事？」

毫不停步或回頭，我回答，「你待會兒可以下樓自己去看，警長。」

「不，我不是那個意思……我是說，我不是以警察的身分。只是……我只是好奇。」

「我正是這個意思，」我回答。

我推開擁擠的儲藏間兼辦公室的門讓他進來。我們坐下。我回到同樣的座位上，里卡度的綠衣服對面。

「嗯，警長，請繼續；我洗耳恭聽。」

他看著我，擠出微笑，但很快恢復自我意識收起笑容；反正他不適合笑。

「拜託，如果你叫我希爾米而非警長，我會比較自在叫你柏薩克。」

我們面前這位警察似乎也是從美國電視和電影學習訪談技巧。

我沒回答他。

我開始輕敲面前的桌子讓他知道我在聽。

他先清清喉嚨。彷彿準備發表冗長的佈道。

「你或許猜得到，瑟梅特．奇里斯的家裡到處是指紋。我們現在確定他是中毒。我們正在查是什麼毒物。」

「*Actaea spicata*，也就是宿根草，」我打斷他說，「兇手有留言給我。」

「不會吧！所以你已經找到他了！」

「沒有，」我說，用兩個長句子概述了整個經過。

「原來比我想的更複雜，」他終於說，口吻充滿憂慮。

「除了指紋你還找到什麼？」

「呃……茶杯上沒有指紋。但有別的怪東西，」他說，「我們找到一片燒錄CD，沒有任何標註，在音響裡面。」

「那有什麼奇怪的？每個街角都買得到盜版CD。你想得到的每部片他們都有。況且，有CD燒錄機的人還能在家拷貝電影。」

「呃，怪就怪在這裡。瑟梅特．奇里斯的家裡沒電腦。盜版片上面通常有標籤以免混淆。而那片CD是你燒的。根目錄如此顯示。」

「我聽不懂。」

「意思是那張CD是用你的電腦燒錄的……」

我不記得幫瑟梅特師父燒過CD。我們交情沒那麼親密。但我確實會幫別人準備特殊「謎片」。不過，我要是做過應該有印象。此外，我燒的CD總是會細心貼上標籤。

「CD裡面是什麼？」我好奇地問。

「音樂，」他回答，彷彿已說明了一切看著我。

「唉唷，什麼音樂？」

「呃，古典、電子類的。沒有歌詞……」

唉，眞有幫助。有這麼多細節可說！

他翹起腳目光移向他褲腳下露出的皮膚。我也看。一根毛也沒有。他該不會做過熱蠟除毛吧！

「目前我有勇氣露出的部分只有這樣，」他竊笑說，「但我的全身又軟又滑！」

他拍手表現他的愉悅。

我感覺自己掉進了一齣低級喜劇片。表情嚴肅的警察慢慢屈服於他內心偷偷燃燒的變裝癖！

「我出門工作時毫不猶豫……我是說，如果出了什麼事，如果我受傷或出意外被送到醫院，他們發現我穿女性內衣會很詫異。我不僅會被開除，而且一旦消息傳開，我永遠無法洗清污名。」

他開始用捲舌音的 r，不再強調音節。

然後，沒錯，終於到他自曝身世的時候了，他一定很想跟人分享。其實，這是他來的唯一理由，敘述這一切，找個可以做自己的地方。當然是私下！

他結婚過一陣子但是離婚了。那是媒妁之言，他說。爲了維護名譽。「你知道沒人會懷疑已婚的人，尤其在小鎭！每當我老婆想要，請見諒，行房，我就說我很累，但是婚姻沒有維持太久。」

我猜想離婚理由是什麼。他們或許辦一次聽證會就離婚了，他老婆根本不用上法庭，因爲他是警察。

「我以前住在錫諾普。後來搬到伊斯坦堡。在那邊我很自由。我可以穿女用睡袍在家走來走去。我在薩姆森的俄國市集買的。細肩帶，正面蕾絲花邊……長裙……一路拖到地面……絲綢的。貼著皮膚的觸感足以帶給你最美妙的雞皮疙瘩。」

我想像那件粗糙、人造纖維、山寨的「維多利亞的祕密」產品。桃色或粉紅色？我猜想。

我陷入天人交戰：要不要對這好奇但還沒出櫃的菜鳥扮演一個合作、包容、關愛、體貼的人。但我眞的有那種耐性嗎？

他彷彿看穿了我的想法，中斷他的故事說，「如果我們能隱瞞我的警察身分，如果沒人發現，包括這店裡的每個人，我可以保證你的安全。沒人會來煩你……」

他才來伊斯坦堡三個月，但已經很快熟悉這裡的潛規則了。

「我們已經付了規費，」我告訴他，「但是歡迎你自由進出。」

「我們的小秘密不會洩漏，對吧？沒有小鳥會去告訴賽錫克．塔揚……」

有了，他說話時翹起了小指。

「我們不清楚上門的每個顧客的職業。那不關我們的事，」我笑著告訴他，採取適合職場同事的專業口吻。

喔，那雙手！像蝶翼似的到處飛舞。

「呃，但是不盡然是顧客……」

什麼？他想直接跳到變裝嗎？

「如果我能在這裡擺一些私人的東西……」

即使對我而言，這也太超過了。

「咱們慢慢來。你今晚先到處看看……然後再談。」

「如果你可以介紹我叫忒坎……」

哇！好吧，人人都可以自由選擇偶像，用他喜歡的名字，但無論再怎麼精通化妝的藝術，方臉的希爾米絕不可能像土耳其電影的傳奇美女忒坎．索蕾。我咬著我的手以免爆笑出來。

他走下樓梯時已經輕快地蹦蹦跳跳。重大的十分鐘自白與掏心掏肺的諮詢之後，來自刑事組的嚴肅警察不見了，變成一個輕佻的怪人。他每一步都歇斯底里地喊著，「啊！啊！」

實在很煩人。做人怎麼可能這麼粗心，只交談幾句話就這麼相信我，馬上衝出櫃呢？

「我差點忘了，」我說，提醒他的職責與眞正來此的理由，「我要一份CD的拷貝。」

既然我是燒錄者又忘了這回事，我很好奇想知道內容。會不會是瘋狂殺手提起過又譴責我沒有注意到的線索？

他立刻停止啊啊怪叫。

我先介紹弍坎給哈山，然後給胡笙，他正滿臉恐慌地等著我。這麼多年來跟小姐們緊密生活之後，哈山已經習慣了他們的作風，所以對名字沒有反應。不過，胡笙是另一回事；他立刻跳起來。

「弍坎？那是什麼名字？見鬼了，從來沒聽說過……」

雖然弍坎風騷又輕佻，她仍然穿著黑西裝打領帶。

弍坎／希爾米用貪婪的熱情望著每個男人，羨慕地看每個小姐。雖然胡笙沉默抗議又困惑，我還是讓弍坎坐在他身邊。弍坎已經開始隨著音樂韻律扭腰擺臀了。

一大團呼出的煙霧吹在我的後頸。我憤怒地轉身。

「大姊，這個邋遢女王是誰？」卡車貝札問，用細長的菸管拍拍我肩膀。

「弍坎，」我說。

她嘴上的菸管掉了下來。我只好慢慢覆述一遍確保她沒聽錯。她開始大笑著拳打腳踢，差點從長凳上掉下來。

希爾米警員似乎在出道第一晚就要成名了，光憑他的名字。

10

當然，胡笙住在客房裡。幸虧他整晚不停灌免費的酒，這時睡得很沉。我推開門縫看他。他像個嬰兒仰躺著，伸出雙手放在頭側。根據個性分析，內心平靜的人會睡成這種舒適的姿勢。昨晚他懦弱的行為不像是內心平靜的跡象，所以我猜他一定是在半夜找到了。

他可以繼續睡，我也可以叫醒他。我輾轉難眠，他睡得這麼安穩看了就討厭。我傾向第二個選項。我提醒他瘋狂殺手的事讓他快點醒過神來。他跳下床。

當一個人獨居了這麼久，有別人在家裡可能是個麻煩。不斷妨礙我的胡笙確實令我神經緊張。

「你要不要一起來……？」他洗澡時從浴室喊了幾次。他睡飽了，克服了恐懼，顯然又色慾薰心。我完全不甩他。

我幾乎不敢相信，但是我的答錄機上沒有留言。一個來電也沒有，包括我們的瘋子。指派胡笙準備豐盛早餐的任務之後，我直接去開電腦。裡面也沒有新進展。清理那瘋子在我網站的破壞是我的待辦事項。我會的，等我想清楚狀況之後。但不是我能馬上做的事情。

廚房傳來香味：吐司和煎蛋。胡笙似乎在努力工作，炫耀他的技能希望賣個人情。

電話鈴響起。

是澎澎。她的語氣完全沒有平常的愉悅輕快。

「唉唷我的天，取消掉來電轉接好嗎？……因爲你那些電話我一夜沒闔眼。」

我完全忘了我把市話轉接到澎澎家了。如果我錯過或沒空接聽，電話會自動轉到她家的電話。這下我知道爲什麼答錄機沒有留言了。

「抱歉，澎澎，親愛的，」我說，「我完全忘了。我不習慣用這種功能，完全沒想到。我馬上取消。」

「你一定猜不到我發生什麼事，」她說，第二個字就哭了起來。

如果有威脅電話打去，澎澎會很低落。對容易把雞毛蒜皮小事看成全球性災難的澎澎而言，直接針對她的威脅已經是最壞的情況。

「索菲亞那老巫婆打來了，」她說。

畢竟不是什麼大災難。好吧，我們社群裡沒人眞心喜歡索菲亞，但他們絕對尊敬她。以她時髦、奢華的生活型態，源源不絕的財源，複雜的人脈，她辦的派對總是人人渴望受邀，還有無窮無盡的整形手術，索菲亞是我們之間眞正的傳奇。沒人喜歡她是因爲她藐視且不時羞辱每個人。

「我懂了，」我說，催她說下去。

她啜泣著繼續。

「我以爲她要打給我。我問候她最近可好之類的。呃，當然，她不知道她打到我家來了。她以爲她打到你家。她命令我立刻把電話交給你。因爲我沒聽懂她的意思，她對我說，『我沒事可以跟你說，你這賤貨。』」

就這樣，致命的字眼。「賤貨」這個字讓澎澎很難過。連轉述出來都讓她想哭。

「唉唷，親愛的，你不了解自己嗎？何必在乎她說什麼？況且，你知道索菲亞的。她講話不用大腦。」

電話另一端仍繼續抱怨、哭泣與崩潰。

「但是……但是……如果她這麼看我，不假思索……賤貨……唉唷，吵架都不會用到這個字。我哪裡惹到她了？我有哪裡對不起她？」

她打給我之前顯然想了很多。沒必要翻舊帳提醒她以前他們彼此做過什麼，無論公開或私下。三角鬥爭發生過一段時間，在小姐們早已是常識——索菲亞、澎澎和我之間！善良的澎澎很貼心，大家都喜歡她。另一方面他們畏懼索菲亞。他們怕如果不聽她命令會發生什麼事。至於我，最年輕的競爭者，我把自己在這個三角鬥爭中的地位歸因於夜店老闆的身分。小姐們確實總是誇獎我的智慧，說她們多麼欣賞我扮演偵探與商人的成功。我跟澎澎是朋友，但跟索菲亞不是。即使索菲亞的走狗很多，大多數小姐站在我們這邊，加入我和澎澎的團隊最後一定會勝出。

目前，我們勢均力敵。即使索菲亞暫時領先，我們總是會扳回來。

「還有很多很多其他來電……唉唷我的天，好多人打來找你。我一星期的電話都沒這麼多。我發誓，我覺得好像你的秘書。你有紙筆嗎？清單很長，有的留言很神秘，只有你能懂……你準備好我就開始說。」

索菲亞要我連絡她，是急事。她打了兩次，也罵了澎澎兩次賤貨。

我老闆，點鈔機阿里，也要我回電。

凱末爾．巴魯蘇，別名聖戰2000，留了神秘訊息，「什麼時候？」這輩子都不可能。

安德莉普．圖翰說我出現在她的紙牌裡，她必須見我。

古爾——我見到帥哥巴哈迪爾的門票——叫我有時間就回電。

「OK？你都記下來了嗎？」

我回答確認。

「你聽這個，唉唷我的天，安德莉普．圖翰是那個有名的塔羅牌算命師嗎？奇裝異服到處跑那個？」

我上次看到她時她把男人內褲代替扁帽套在頭上，我想告訴她；但我忍住。

「對。」

「那你去找她時我一定要跟。我等了好久想去。你知道我最愛算命了。」

大家都知道澎澎常到處算命。不只在伊斯坦堡；她還搭飛機去過安塔利亞一天，拜訪算命師胡雅，或是打電話給特拉布松的梅托請她指點迷津。

「好，」我說。

我跟胡笙還有漫長的一天要過，最好現在開始計畫。我不想整天跟他坐在家裡癱在電視機前，從DVD到各個頻道轉來轉去。

我今天得找時間進辦公室。我想對胡笙應該很好玩。

我早餐後馬上打給索菲亞。當然是答錄機接的。「請表明身分與來電事由，以便我決定是否接聽。謝謝，」留言說。好大膽！

我說完名字她就接了。

「我一直在等你電話，」她責備地說。

「呃，我打來了，」我回答，「好久不見。最近還好嗎？」

老實說，我們上次見面一點也不愉快。

「老樣子！好得很！」

索菲亞的字典裡沒有「含蓄」這回事，眞是神奇的女人。

「你怎麼把電話轉接去澎澎家？好感人的友情……噁！」

我眞的沒力氣再聽下去；這次是聽索菲亞抱怨澎澎。

「你找我？」我用我最專業、亦即最冷淡麻木的語氣說。

絕對不要對索菲亞露出任何弱點。她一有機會就會踩你的痛腳。

「有人想要見你。」

如果她又打算拉我皮條，她可要失望了。她對付大多數小姐那招對我不適用；高價拉皮條介紹她們給名流，讓她們陷入詭異的賣淫網絡。以前我中計過一次，學到了教訓。如果有人因爲我上了電視喜歡我想跟我睡覺，呃，我無意作任何交易。我決不能忍受那種對運動的了解只是看電視足球、皮膚鬆垮、大肚腩、禿頭的人在一起，用油膩雙手摸我全身，自我想像是世界上最帥的人，同時氣喘吁吁地呼氣在我身上。現在我根據我的品味，自己選擇伴侶。我從不指望找到像約翰．普瑞特的人，但我偏好整潔清爽、沒有體臭、除了自己爽也關心我感受的人。無論她開什麼價，我的答案都是不要。話說回來，講講價又有何妨？就像每個人都有價碼，我自然也有。我立刻開始想像天文數字，還有我能用這筆錢做什麼事。

「我已經不做那種事，」我說，「很多年了……」

她發出一陣虛僞的笑聲。她怎麼能夠這麼矯情？

「別傻了！」她說，突然中斷笑聲。「外面有那麼多年輕小妞誰會想要你？竟然以爲他們會出錢……」

她眞懂得踩女人的痛腳。於是我停止暗自數錢夢想著我可能進行的環遊世界。

「這些人很重要……我不能在電話裡講他們的名字……」

喔，她眞愛搞神秘。

「那他們爲何要見我？」我問。

「顯然你在查什麼東西……哈山這麼說……他們有情報要給你……」

我開始動腦筋。哈山告訴了所有人，消息傳得很快，現在有神秘人士要透露情報。既然他們跟索菲亞有關係，這些名字保密的重要人士一定是黑手黨。

「他們可以打給我……」我說，「把我的號碼給他們。」

「唉唷，別這麼幼稚！這些人不打電話叫外送的。必須要面對面……」

「所以呢？」

「我奉命安排跟你會面。」

原來她也是奉命行事。

「我不知道我能否馬上安排。這些人老是在忙。我安排好之後馬上通知你。手機號碼給我。」

重要人士找我想幹嘛？如果這些人是從事黑暗骯髒的交易、索菲亞經常廝混的那種人，那我寧可保持距離。我不欠他們什麼，他們也不欠我什麼。我寧可維持現狀，但我知道他們到處都有耳目。或許他們眞的有情報給我。

我還得回電給阿里、安德莉普和古爾。反正我要進辦公室，晚點我再打給他們。

11

「你該不會整天跟著我吧？」我問他，「這樣我們都會很煩。」

胡笙癱在電視機前，不斷換頻道。

「我不介意，」他說。

「什麼？」

「是很煩，我不介意。事實上，我們還可以來一發。」

眞是個爛笑話。只有他在笑。

「幹嘛？」他說，「不然我還能做什麼？我只有黏著你才安全！」

他做了早餐但沒有收拾乾淨。他煎過蛋的廚房看來像被炸彈炸過。他用了幾十個杯子、碗和碟子做一個簡單的煎蛋然後就丟著不管。

幸好，莎蒂明天就會來。有人打掃時我不可能留在家裡。不只吸塵器噪音讓我汗毛直豎，我還會緊張，無論躲到哪裡都覺得莎蒂在跟蹤我。

我手機收到一則那瘋子的簡訊說，「別亂來。我在等你，」像好心提醒我們他的存在。他指望我怎麼做？像福爾摩斯一樣手拿放大鏡在街上走來走去？我連一個線索都沒有。如果忒坎希爾米今晚把ＣＤ拿來給我，也許就有點東西。電視頻道已經完全遺忘了蘇海爾，成爲昨日舊聞。反正我沒指望從電視發現什麼。警方利用他們自己的線人會處理得更有效。

胡笙和我去辦公室。他答應無論怎麼無聊都會安靜坐著。他會用電腦玩遊戲。

「我們一陣子沒見到你了，先生，」我們的秘書菲根問候我。她上下打量胡笙，目光停在他身上；不知羞恥！她在猜想我們一起抵達是什麼意思。

我主動幫她釋疑。

「我的司機。」

胡笙抗議地瞪大眼睛。

「用視窗幫他開個遊戲。他會等我一整天，」我告訴她。身爲資深員工，天曉得她會背著我跟胡笙說什麼。

說完，我衝進阿里的辦公室。

他正在電腦上玩遊戲。

他立刻開口猛誇獎我。這表示有重要的事情，例如需要我做白工、賣人情的事情。否則他不會想到誇獎人。

「有話直說吧，唉唷，」我說，「說眞的，我沒心情。」

「OK，那你先說，」他說。

提議聽我先說是他手上工作很困難的徵兆。

我滿心期待他得知我目前的處境之後，可能會變卦不叫我幫忙——那我就不用多一個負擔——我告訴他關於匿名威脅、瑟梅特師父之死，還有最後，胡笙的危險。

「他就在外面，用菲根旁邊的電腦打遊戲呢，」我告訴他最新狀況說。

他若有所思搖搖頭。

考量目前狀況，他斟酌是否要厚著臉皮要求我做他想要的事。

「來吧，輪到你說，」我說，「你想幹什麼？」

「呃，其實沒那麼急，但是很重要……」

我們最近效命的 Mare T. Docile 公司想更新他們的網站。免費。

沒什麼大不了。如果寄給我所有檔案，半天就可以做好。

「還要加強他們網站的安全。」

嗯，指望這種免費服務是大忌。那正是我們打算賺大錢的部分。

「想想看，這些傢伙給我們很多工作。多虧他們介紹我們才能切入海運部門。」

他說得對。

「呃，我會做，但先別急。讓我駭進他們網站看看，讓他們了解爲何需要安全，然後他們必須付錢。」

「不行，老兄。這次咱們別這樣。偶爾做一次正當生意。」

阿里有鬼。這段對話通常會相反。他是執意賺錢的人。他過的雅痞生活需要錢。他必須賺很多錢。「那你怎麼回報我？」

他看著我的眼睛衡量我有多認眞。我很認眞。他擠出一個笑聲。

「隨便你，」他說，「你開口我就答應做到。」

他以爲若一笑置之，剛才承諾就會失效。

「去里約一星期！」我毫不猶豫地說。那是我想到的第一件事。置身開朗隨和的人群中；陽光，海洋，充滿身材像希臘羅馬雕像的猛男沙灘……足以幫我忘記一切。

「那得花不少錢！」他立刻說，打開腦中的計算機。

「未必，」我說，「而且，你剛答應了……」

我走進自己辦公室時請菲根幫我泡杯土耳其咖啡，不加糖。我們買了台新的咖啡機，能在兩分鐘內輕鬆泡出超棒的土耳其咖啡。

「還有你，你可以起來自己找事做，」我告訴胡笙，「廚房裡有果汁、可樂和其他東西。」

「我也想喝杯咖啡。加糖，如果方便的話，」他毫不遲疑地告訴菲根。

菲根轉向我，想要確認她該不該服務他。誰階級比較高？司機還是秘書？但胡笙是客人。我點頭同意。我相信菲根感覺委屈了。等有空我會叫她進我辦公室說明狀況。

我的辦公桌被山一樣的郵件掩埋了。我訂的雜誌、帳單、廣告信……好大一座山。我迅速分類可以扔掉的東西。我把雜誌放一旁。有張我的達令妮梅特·哈諾格魯寄的卡片。她老公先是被指控謀殺一個牛郎，後來自己也被謀殺了。妮梅特和我在追查兇手時認識，很快交上朋友。我讓她失望了，用工作當藉口，結果害她必須獨自去我們原本打算同行的克羅埃西亞旅行。明信片是個叫做普里莫斯騰的地方，像童話場景一般。亞得里亞海中的淚滴形小島，只有一條狹窄小路連接到大陸。「希望你也在，」上面說，「珍珠白的海灘，美妙的海鮮，小帥哥，每個都好像年輕時的法蘭可．尼洛，還有酷似蜜拉．喬娃維奇的優雅女孩。黃昏時，我播放〈聖母悼歌〉的CD。眞是美夢成眞！」她知道我喜歡年輕時的法蘭可．尼洛；都喜歡裴高雷西的〈聖母悼歌〉也是我們的共通點。

有個私人信封。裡面的字條只寫了一行字。是那個瘋子寄的！

大片空白的中間說，「我知道這個地方。」

他是用電腦打字。

我趕快看看信封。兩天前從塔克辛的郵局寄出。我從來不知道土耳其郵政這麼有效率。

我拿著信封衝出來。幾乎直接撞上端著咖啡的菲根。

「這什麼時候寄來的？」我問。

我的聲音因爲緊張有點太大聲了。

困惑的菲根先看看我，再看看信封。她把托盤放在我桌上說，「請借我看看，」同時從我手裡抽走信封；她翻來覆去仔細研究。

「我不知道，」她說，「可能是郵差送來的。」

我以爲她看了半天會有比較有用的答案。

阿里聽到我的聲音，走出房間想看看是怎麼回事。

我把信拿給他。

「你看！」我說，「他也知道公司地址。」

胡笙和阿里埋頭看信。

唯一搞不清楚怎麼回事，不知道誰知道公司地址、爲何大驚小怪的人，就是菲根。

「誰啊？」她猶豫地問。

胡笙玩到一半的遊戲開始嗶嗶叫。他死了。

「你們告訴菲根吧。我受夠了反覆講同樣的故事，」我說。

我相信他們都急著告訴她。

我耗了一整天處理瑣事。我不只無法完成任何事，腦子也完全被這瘋子佔據。我猜想他是怎樣的人。年輕還是老人？是無知的保守派，還是在生活中練就這些技巧的惡霸？或是在土耳其東南部服役而嗜血的軍人？退役的政客？或只是個白癡？他肯定是個普通人，那種我在街上遇到也不會停下腳步多看一眼的人。

阿里帶我們出去吃晚餐，最近新開的義大利餐廳。他去吃過覺得很滿意。他替我們點菜。我沒點葡萄酒，但他和胡笙喝了一瓶 Antik Special Kav 紅酒。胡笙的胃口很好。我只隨便吃點擺在我面前的東西。

當天晚上夜店裡很安靜。我猜是因爲足球賽。這種日子我們顧客很少，人人都變成了職業足球迷。甚至很多小姐都愛看足球會密切注意賽事。他們一場也不錯過——神奇的是，他們唯一感興趣的時刻並不僅是比賽結束後，看球員們脫掉上衣露出汗濕發亮的裸體肌肉。

這時胡笙已經相當適應，因爲喝了酒更加放鬆。他在店裡喝得比較少。我還看到他在吧台後面幫忙蘇克魯。學怎麼調雞尾酒。從他們的笑聲看來，他們似乎處得不錯。

我整晚悶悶不樂，連跳舞都沒有。我猛灌 Virgin Marys 直到一肚子氣。

我本來希望忒坎警員會來店裡，但他沒來。因此，據說是我燒的CD也沒來。明天我得打給賽錫克。

12

昨晚睡飽了的胡笙在天亮時醒來。我討厭沒睡飽就起床，整天掛著眼袋像殭屍走來走去。我在床上大喊。

「給我安靜坐到中午或是回去睡！不准開電視、放音樂！」

他以大聲沖馬桶回應。果然，我們已經太親近到令人彆扭了！

他把自己選擇的自願監禁歸咎於我，一直計算他只服務我一人直到瘋狂兇手就擒會有多少損失。因爲他怕獨自外出，我們的保鑣肯尼昨晚只好陪他回家去拿牙刷、刮鬍用具和換洗衣物。

好吧，他沒開電視或收音機，但他在廚房裡發出的噪音也相差無幾。無論他在找什麼，總之是不斷開開關關廚房裡每扇櫥櫃的門。他至少撞到廚具櫃兩次。終於安靜下來，接著是我臥室門推開的軋聲。我拉上了厚窗簾，房裡很暗。他耳語，彷彿壓低音量就比較不會打擾我睡眠。

「糖在哪裡？」

「沒有！」我說，「無論你要吃什麼，沒糖可加！還有不要吵我……」

他低聲咕噥著關上門。我假裝沒聽見。

我想要一個美夢讓我分心，釋放我，即使只是暫時，離開我被迫捲入其中的緊張懸疑遊戲，離開有人被追殺的惡夢。我想要我的色情偶像，Colt工作室的巨星約翰．普瑞特，和奧黛莉．赫本一起扮演主角。呃，整晚，萬一奧黛莉沒空，我可以頂替她的角色。穿她在《窈窕淑女》的戲服，例如她在舞廳或賽馬場穿的那件。不需要雷克斯．哈里遜。我們沒有他也能演。約翰．普瑞特和我就足以演成傑作。我們可以在晴朗的日子，青翠的野外邂逅。或有細浪拍岸的漫長沙灘上，嘩……嘩……嘩……

我剛開始醞釀心情，準備進入我構思的這個浪漫又色情的美夢，又有人來敲門。我真的要發飆了。

他手上拿著一張紙。臉色頹喪。

「昨天我收拾行李時我媽給我這個。我剛才想到拿出來看。那個混蛋去過我家。他交給她的……」

「拿來。」

別了，約翰．普瑞特！這時衝上我腦門的刺痛跟我突然跳起床無關。

單面字條，用電腦打字列印在A4紙上。

我看了四次等胡笙拉開窗簾。

反正很簡短。

哈囉，胡笙．塔利普．柯札拉克，

找到你家挺容易的。
你要逃到哪裡去？
沒有地方可躲。
等我。
我會盯著你。

簡短又有效。讓人血液發涼。沒有名字、簽名或假名，也沒有時間日期。信封上只有胡笙的名字和兩個紅戳印，一個是「機密」另一個是「緊急」。是親手投遞的。胡笙在光線下顯得更加驚恐。

「即使他找得到我家，也不會對我父母怎樣，對吧？」

「我才是他的目標，」我試著安慰他說。

我暗自擔憂我們面對的這個瘋子變幻無常難以預料，萬一他想要，很可能瞄準胡笙的父母，整個家族。其實，只要他喜歡還可能炸掉整個社區。

「現在我們怎麼辦？」

我不知道。我的頭像汽球一樣大。好痛。

「我剛醒來。很快我就會想到辦法，」我說，同時走去洗澡。

「我該告訴他們嗎？」

「不要！」我打開水龍頭同時大叫，「還不行。」

沒必要讓不知情的人驚慌。純粹出於恐慌，胡笙就以難民身分住在我家了。我沒空間也沒耐性收容更多難民。

而且我連眼睛都睜不開。

由於睡眠不足，我肯定整天都會感覺很糟糕。

洗澡時我很需要靈感的火花，或是廣泛的啟示。

兩者都沒有。

當我走出浴室，胡笙跪在走道上，對著手上拿的威脅信哭哭啼啼。

「別慌！別慌！」我跪到他身邊說，努力安撫他。

他好像個笨小孩。恐懼沒有任何幫助。最好是保持冷靜。

他用握拳的手背擦擦眼睛。眼眶泛紅。

「我只是難過……就這樣……」他推開我的手臂說。

這廿四小時內他的男性氣概嚴重受損。現在也沒必要對我強悍。他害怕、挫折、哭泣是有道理的。天曉得如果我是他會怎麼樣。

「我媽單獨在家，我爸也一個人在店裡……如果他們出了什麼事……我媽開門都不問對方是誰。任何人都能走進店裡……他只是個開五金行的。如果那混蛋拿起小斧頭打他的頭……那樣就完了！」

他哭得彷彿想像的這些情境已經發生了。淚水從他臉頰淌落。

「冷靜點！」我拉開嗓門說。

他瞪大眼睛看著我，彷彿從沒見過我。

「先整理一下，」我盡力保持冷靜說，「或許這封信是個線索。你媽可能記得是誰送來的……如果她能描述得出來，我們就知道該找怎樣的人。」

他一直盯著我，抽著鼻涕。眼神茫然。因爲哭泣過度眼珠顏色顯得淡了。還會發亮。

「但首先我需要一杯咖啡！」

「可是——」

我沒等他說完就伸手摀他的嘴。手掌沾到了口水和眼淚。

「我們已經等夠久了，多一小時也無妨，」我說，「況且，他的目標是我。他跟你或你的父母無冤無仇。懂嗎？」

我在浴袍上擦擦手。我得提醒莎蒂要洗。

事實上，這個瘋子的目標或目的並不清楚。他似乎想怎樣就怎樣。

13

胡笙住在卡格拉揚區的後段。有金角灣的景觀。可以俯瞰傳奇的薩達巴德遺址，歷史書上那座童話般的要塞。公寓在多層大樓裡，雖然相當新，因爲使用劣質建材已經顯得老舊。六棟九層大樓排成兩列，除了顏色差異之外一模一樣。

有很多停車位，因爲這附近車子不多。小孩子在停車場玩足球。爲符合環境規劃需求，大樓之間的夾縫裡種了四棵只有我一半高度的小松樹。

柯札拉克家的公寓在C棟七樓。每層樓有四戶。

我們出門之前，胡笙鄭重警告過我要謹言愼行，小心別向他母親透露「情況」。所謂「情況」似乎是指我！

「注意你的動作。不要說唉唷。」

他決定了我該穿什麼，選了牛仔褲、我只會在孤獨寒夜裡穿著睡覺的破舊棉質運動服，還有運動鞋。連護唇膏都不准擦。

「你看起來越邋遢越好。我們這社區的男人都三天才刮一次鬍子。」

他總是隨時刮得很乾淨，散發除臭劑的芳香，還會擦鬍後水。

「他們不會懷疑我。我走路時不會蹦跳跟扭臀。」

必要時我可以扮演野馬。有一次，他勾引我的時候太活潑了點，我在大街上用合氣道招式把他打醒。他丟臉到好幾天不敢去計程車行上班。原來他是這樣看我的。等這件事情過去，胡笙冷靜下來恢復常態之後，我一定找他算帳。

柯札拉克太太比她兒子胡笙矮瘦一點。此外，她簡直是兒子的翻版。同樣的五官，同樣的眼神……她是個開朗活潑的婦人。滿足於人生中簡單樂趣的那種人。只要老公和兒子喜歡晚餐，家庭和諧跟鄰居也沒摩擦，他們有足夠一週的生活費，不用因爲生意不好要掏嫁妝，犧牲一隻金手鐲，最重要的，如果當晚有她喜愛的電視節目，她就像盛夏的蟋蟀一樣快樂。

她關愛地擁抱一下胡笙。她兒子才兩晚沒在家裡睡，但她如此期盼地撫摸他，彷彿剛從非洲旅行回來似的。

她強迫我按照傳統吻她的手再放到我額頭上。既然我來到她的舒適小窩，每扇窗外都擺著花盆，我只好入境隨俗。

她開門時在裙子上擦乾濕潤的雙手，手上有烹飪的味道；整個家裡也是——芳香蔬菜、藥草、各種香料、洋蔥與大蒜的氣味，多年來滲透到牆壁中。在這種住宅裡，爐子上總是有鍋子在煮。不是準備下一季的果醬，就是煮鷹嘴豆或青豆，或燉肉骨湯……

依照胡笙的示範，我脫鞋。如果早知道，我就穿懶人鞋而非綁鞋帶的運動鞋，比較容易穿脫。

他母親是好客的人，如果沒把客人肚子撐爆，晚上會睡不著。

我們剛踏進門她就提議：「我給你做點水餃。馬上就好了……」

所以她才這麼瘦。她一秒鐘也靜不下來，像跳蚤似地跳來跳去。

我們聯手解決餃子之後，她立刻去做下一道菜：鹹麵餅。幾秒鐘時間就能捲好。她有瓦斯加熱的圓頂鍋；不到五分鐘就能烤好。換言之，柯札拉克太太無意離開廚房。

「我再做一點優酪乳配著喝。冰的喔！」

我出門前只喝了咖啡。這女人滔滔不絕地大談食物，我開始覺得餓了。

「不用，謝謝，」我說，「我已經飽了。」

畢竟，我們是爲了完全不同的理由造訪。

但是胡笙同時誘惑他媽媽和我的胃：「我媽的鹹麵餅眞的很棒喔……」

「每次鄰居太太們和我聚會，總是特別要求我做鹹麵餅，」她插嘴，「他們過來之前，會跟我說，『柯札拉克太太，幫我們弄點鹹麵餅，別的不用了。』我的鹹麵餅就是這麼有名又好吃。」

柯札拉克太太不是只招待鄰居太太和尖叫的孩子們一兩道菜就打發他們走的那種人。如果她事前沒在廚房花上兩天做蛋糕、餅乾、麵包和捲餅，她會有罪惡感。

「我有現成的馬鈴薯餡和起司餡……你想吃哪種？胡笙喜歡馬鈴薯的。我幫你各做一個吧，孩子？」

胡笙在母親背後比手畫腳，我看不懂他想告訴我什麼。

「OK，」我說，渾然不知我同意了什麼。

「我揉麵團時，胡笙可以去雜貨店裡買些新鮮優格。對吧，兒子？」

胡笙想到要獨自外出，去店裡再回來，嚇壞了。他臉色變白。

「我們不要優酪乳，媽。我們喝茶就好，」他說。

「不，不，不，兒子。我剛答應了客人要做點優酪乳⋯」

我就是被答應做優酪乳的客人。我好像必須介入免得事態失控。

「我也不要優酪乳！」

柯札拉克太太愣住，彷彿遭到背叛，先轉頭看她兒子，再看我。我們毀了她腦中構思的菜單。她瞇起眼睛。

「但是菜就該這樣搭配⋯⋯」她最後乾脆說，「我要喝一點，即使你們不要。」

我看著胡笙。他無助地望著我。

「呃，柯札拉克太太，」我說，「其實我們造訪是爲了一件很重要的事。太複雜了說來話長，但簡單說是有誤會，但如果不解決可能搞得很不愉快。您記得昨天送信封給你轉交胡笙的人嗎？我們必須找到這個人。」

我一口氣解釋了這一切，沒有洩漏任何生命威脅的訊號或資訊。我很自豪。

柯札拉克太太遲疑。當然，她花了點時間才停止想食物，專注在我的問題上。

「是梅蕾克，」她說。

「梅蕾克是誰？」我說。

我用眼角偷瞄胡笙，猜想他是否認識梅蕾克。

「住樓下的小女孩。她是個乖孩子，願眞主保佑她。她母親也是好人。每天讓她穿得像新銅板一樣乾淨；燙她的制服，編她的辮子，頭上還綁了這麼大的白色緞帶……但是那個女孩好醜！如果她長大後還是這樣，恐怕嫁不出去，」柯札拉克太太繼續說。

太搞笑了！我差點笑倒在地上。

我要逐字記住這件事，轉述給澎澎。她會笑上好幾天，還向每個人表演模仿。這瘋子沒有親自上門，而是找小女孩代他轉交。聰明的花招，但小孩子記性很好。醜女孩對於男人的記性尤其好。如果他提出要求時擠出笑容，梅蕾克就會幻想自己長大後找到他，然後嫁給他。

「她住哪裡？」我問，「趁您做鹹麵餅時我們最好下去找她談談……」

想到可以回廚房，餵飽她兒子和他邋遢的朋友，讓凱芙瑟·柯札拉克眼神一亮。

「十七號，」她說，「五樓。但她可能上學去了……」

對啊，小女孩要上學。

「她下午會回來，」她補充說，「她祖母可能在家。她整天在窗口抽菸。她父母都要工作……」

「她上哪間學校？」我問。

「呃，我不清楚，」她回答，「是小學，我只知道這樣……」

我很快放棄去梅蕾克的學校審問她的好主意。如果有人看到或聽到，他們會以爲我們是戀童癖，可能用石頭丟死我們。

「去吧，你們去看電視。這個時間有些好節目。我去做鹹麵餅。」

這種時段，電視上只有烹飪節目。她說的「好節目」一定是指這個。

胡笙和我面對面坐下，緊張兮兮。看電視是個好主意；可以打破沉默。無論是不是烹飪節目。

反正我們必須等到鹹麵餅做好。

柯札拉克太太從廚房探頭出來，問道，「孩子，你的馬鈴薯餡要加辣嗎？」

「好啊，」我回答。

廚房已經傳出令人垂涎的香味。

我的手機鈴響。

索菲亞叫我打開新聞頻道。「晚點我再打給你。」

然後她掛斷。

我從胡笙手裡搶走遙控器轉到新聞頻道。索菲亞指的新聞寫在底下的跑馬燈：「槍擊蘇海爾．阿爾金的兇手落網。」主螢幕是股市行情，所以跑馬燈只是一行字，沒有任何圖像。我趕快轉其他頻道。蘇海爾的頻道沒提起，連底下的即時新聞也沒有。

胡笙和我都感到如釋重負。這個神經病被抓了！

鹹麵餅真的很好吃。外脆內多汁的辣馬鈴薯，入口即化。就像所有好主婦，凱芙瑟．柯拉克用了很多奶油，完全不在意膽固醇、脂肪和動脈硬化這些小問題。

只謝她一次是不夠的。每咬一口她就問，「孩子，覺得怎麼樣？喜歡嗎？要我再做一個嗎？夠熟嗎？呃，我做得匆忙……」同時期待繼續誇獎。

我還來不及吃第二個鹹麵餅，索菲亞又打來。「喂，」我塞了滿嘴困難地邊嚼邊說。

「祝你好胃口，」她說，彷彿我不懷好意。「你受邀在今天下午三點到阿濟茲先生餐廳。」

雖然我還沒嚼完還是嚥下了嘴裡的東西，說，「可是他們抓到他了。」

「別幼稚了！」她說。那是她最愛的台詞。「他只是個打手……別忘了，下午三點在阿濟茲先生餐廳。他們會向你說明。」

就這樣。

也許會有來路不明的人，在阿濟茲先生餐廳給我驚人的解釋。然後我就必須對索菲亞充滿感激。如果換一個比較適當的場合，我會回電給她，但我當時不方便，有個廚房女王在走來走去。

我該跟胡笙說什麼？這呆子以爲他安全了正欣喜若狂。一旦塡飽肚子，他又會色心大起甚至在回程中對我毛手毛腳。呃，我寧可說實話繼續跟他困在一起嗎？但如果被抓的人只是打手，同時那個逍遙法外的瘋子幹掉了胡笙怎麼辦？如果這樣我怎麼面對良心的譴責？我得去麥加朝聖，發毒誓，如果是最壞的情況，去恆河在髒水裡洗上幾個月才能夠 洗滌我的罪惡。

柯札拉克太太走進廚房幫我們倒茶，我趁機告訴胡笙最新狀況。

他根本沒嚼就把嘴裡的東西吐掉。然後推開上面還有半個鹹麵餅的盤子。

14

阿濟茲先生餐廳是伊斯坦堡最老的店之一，跟埃及市集的潘德利、瑟凱錫區的Borsa和貝優格魯區的HacSalih與Rejans等悠久老店齊名。不久前他們才離開卡拉科伊區的百年舊址，搬到Fourth Levent的商業區。我挺喜歡他們的舊店面。很高貴，令人讚嘆的挑高天花板。一踏進店內，就是一幅創辦人的巨大手繪肖像，明顯有鬥雞眼，而且還留著卓別林式小鬍子的人，就是阿濟茲先生，從對面牆上瞪著你，多年來畫框一再更換以趕上時代潮流。

這裡以鄂圖曼美食聞名。他們的橄欖油料理尤其獨特。侍者都老得像化石又精於世故。他們會低聲說話，向他們認識的人推薦菜色，以致熟客乾脆完全任由擺佈。

在新的店面裡，一切汰舊換新。不只是裝潢，還包括侍者陣容。家具主要由淺色櫻桃木和無光澤鋼鐵構成，冷調氣氛。餐廳牆邊原本排列著食物瓶罐，有助於刺激客人的胃口，全收走了，只剩下收銀台旁邊的展示樣品給想買的客人看。果醬被加入菜單，蓋子綁上了彩色緞帶讓它顯得更加可愛。如果你問我，我感覺魅力盡失。

通常下午三點是餐廳的清淡時段。連晚來吃午餐的人都該走了，而最早的早鳥也還沒來吃晚餐。所以可想而知，鋼鐵鉚釘的大門關著。

我們敲門。

門馬上打開。

門僮正要說，我們還沒營業，兩名穿深藍色西裝的男子突然出現在他身邊。典型的黑手黨保鑣穿著。但顯然他們不是我們要找的人。站立的兩人雙臂稍微抬高，與軀幹保持距離，彷彿腋下長了汗疹。

「柏薩克．薇拉？」其中看似比較聰明的人問道。

「正是我。」

「請進。」

有人在等我。我一定是眞的出名了，我暗忖。根本沒人看胡笙一眼。

他們退開，讓我們通過。

氣氛跟我印象中一樣冰冷。毛玻璃屏風，無光澤鋼鐵與蒼白的櫻桃木；完全不符風水理論。完全看不到一般餐廳裡象徵豐饒的紅色。

「抱歉，」一名保鑣說，顯然他比較高階。雙手示意要搜我們的身。

搜身，從頭摸到腳，確認我們沒帶刀槍武器。

「請把手機交給我們。」

他們採取想得到的所有預防措施以確保我們沒帶竊聽器或錄音機。但如果我有這種意圖，我就會帶在倫敦女王路的間諜商店買的那些小道具。還有內建攝影機的眼鏡框呢。

重要人士獨自坐在餐廳另一端的一張桌子邊。我們走近時，他伸手示意我們坐下。我確定我不認識他。但他不像我心目中的黑手黨教父，倒像老男模，穿得很體面。他穿灰西裝，依剪裁來看，顯然是昂貴的義大利貨，高領白條紋藍襯衫，打天藍色領帶。外套口袋裡塞了條手帕。他苗條到算是瘦削。瘦削的人總是給我性急的印象。身上看不到跟「教父」有關的首飾。他連勞力士手表都沒戴，而是高雅的蜥蜴皮帶卡地亞。

他沒站起來。

我伸出手跟他握手。

「我是柏薩克．薇拉，」我說，「這是胡笙．柯札拉克。」

「很好，」他只回答這樣。

我以爲他會自我介紹。

結果他不爲所動。也難怪，因爲他是「教父」嘛。

「我們私下說吧，」他說，向正準備坐下的胡笙示意叫他離開。

「他可以跟我的手下坐著等候。」

他的手下坐在靠近門口的一桌，人人面前一杯可樂，眼神空洞地觀察環境。

「好吧，胡笙，」我說，「你跟他們等一下。」

我察覺到他的不滿，但我無能爲力。

「如果他餓了可以吃點東西。」

瘦教父擺出老大的架勢。怪的是，這句應該告訴胡笙的話，卻對著我說，彷彿胡笙根本不存在，或是隱形了。

現在只剩下我們二人。

「我已經點菜了，」他說，「你要吃什麼嗎？」

我已經被鹹麵餅撐飽了。連想到食物都覺得脹。

「一杯土耳其咖啡，不加糖，」我向走近桌子的領班說，「還要一瓶礦泉水。」

我等不及要談正事。教父看起來一點兒也不急。

他啜一口水然後舔舔嘴唇。

他從口袋掏出名片。用食指和中指夾著，花俏地甩了一下再伸手遞給我。

「賽米爾．卡贊希，紡織製造商。」有個電話號碼。就這樣。是我見過最平凡的名片之一。

這種人總是做進出口，例如紡織業。名片上絕對不會有醫師、建築師或工程師。

此人有種莊嚴的氣息，伴隨著傲慢而來。

「幸會，」我說。

一碗時令綜合沙拉被送上桌。雖然我飽了仍覺得它看起來很好吃。芝麻菜葉、薄荷與羊耳朵點綴著醃甜菜、小番茄、大塊綠黃色的青椒，還有胡桃碎片灑在上面。

「嗯……」他說，用叉子毀了沙拉美麗的外觀。他把胡桃撥到一旁。「其實相當複雜……」

他句子還沒說完，便把一塊醃甜菜和青椒送進嘴裡。他張著嘴開始嚼。我討厭這樣。其實，我很鄙視。每次他張嘴閉嘴我都看得見食物被壓碎。我努力移開目光。

「電視節目上那位先生……」

他咀嚼時有雜音。難怪他獨自用餐。

「蘇海爾・阿爾金，」我說，彷彿答對第一題可以加分。

「拜託，不提名字。」

他一定自以為隸屬俄國黑手黨，眞是偏執。「呃，在他主持的節目裡，他報導了一些不該曝光的事情。」

那是蘇海爾的工作。挖掘見不得人的事情。

這時他嚼著滿嘴的芝麻菜和洋芹。有片芹菜卡在他門牙上。

「那是只有內行人看得懂的細節。」

侍者走近時他又暫停。

我的礦泉水和他的主菜，茄醬燴羊肉，送來了。

他推開沙拉，表示他不吃了。他毀了那盤漂亮沙拉。開始用外科醫師的精密度切割肉上的脂肪。

「你知道的，節目播出後，有人開始行動。一連串事件；你絕對猜不到……」

他切好一塊嫩羊肉，丟進嘴裡開始嚼，不留想像空間，他嘴裡的活動再展示在全世界眼前。洋芹葉仍卡在牙齒上。

「他拍攝時有些貨物不該在場。上面有標籤。對於看到的人，已經夠危險了。」

當然他不會大聲咀嚼要送進嘴裡的燴羊肉吧？畢竟，它已經是爛泥狀了。

「首先我們給他一個禮貌的警告……」

天曉得他們做了什麼。

不妙，燴羊肉在他嘴裡到處亂跑，左邊右邊。好噁。

「他不聽話。」

他喝口水幫助吞嚥。

「他故意重播……」

他又開始切割羊肉。來了，刀子刮餐盤的可怕聲音——唉，搞得我神經好緊張！

「我們這個世界的規矩很清楚。」

我知道。

「這次我們用他顯然會懂的方式警告他。」

他又把一塊切好的肉放進嘴裡。

「但他受了重傷。就我所知，警告開槍通常只瞄準大腿。」

他大笑。我看見他嘴裡的東西。

「其實那小子太笨拙了。他緊張所以瞄歪了。純屬意外。」

那跟我又有什麼關係？我來這裡幹嘛？我從新聞報導已經知道這些了。

「挨槍那個主持人跟你收到的威脅無關。只是巧合。」

他用叉子壓扁燴羊肉。彷彿在裡面找什麼東西。

「我怎麼了？」我問。

「你？」他說，看我的眼神彷彿初次見到。

「我在這場討厭的巧合中是什麼角色？跟我有什麼關係？」

他把掛在叉子上的燴羊肉送進嘴裡，彷彿空著嘴巴就無法說話。

「你是警方對這件事特別感興趣的原因。」

我的咖啡終於來了。

「這件事透過你的人脈變成了一團混亂。他們挖掘到沒必要的深度。現在我們有關了。他們調查之後我們的小弟肯定會被逮。」

我早知道警方喜歡曖昧的兩面手法，但我不習慣這麼公開說出來。這下我懂他爲什麼忌諱錄音機了。賽錫克在我要求之下插手，於是較高層長官特別關心調查進度，讓本案顯得更加急迫。難怪他們對手下被抓特別不安。

「現在呢……」

我默默祈禱他說完之前別再塞更多食物到嘴裡。我看他的眼神發生了預期的效果。他的叉子停在半空中。

「我們對你的請求……」

叉子又送進了嘴裡。

「希望你不會令我們失望……」

「我盡量，」我說，低下頭看著我的咖啡。

「不要別開目光。顯得你很不安，」他說，把他關於肢體語言和心理學的無窮智慧跟我分享了一點碎片。

「是，」我說，看著他的眼睛。「你的要求？」

「跟你的人脈談談，請他別再攪和。那小子已經認罪投降了。」

「那更好，」我說，「他可以協商減刑。」

「他們說你的幽默感很怪。但我們是認眞的。」

他的目光像冰一樣冷。如果他們說的領袖魅力是看一眼就讓人顫抖，那麼此人絕對有。

「說不定改天，我們也幫得上你。我給了你名片。你有我的私人號碼。」

他交給我時我已經懂得拿到這張卡是多大的恩惠。

該是談判的時候了，如果我謹愼出招的話。

「打威脅電話的瘋子針對的人是我，」我告訴他，「他自稱槍擊了蘇海爾．阿爾金還殺了瑟梅特．奇里斯。」

他放下刀叉，碰撞發出巨響。

「我們不是說好了，不提人名。」

「抱歉，唉唷，」我說。「唉唷」脫口而出純粹是太緊張。

「那個瘋子在說謊，」他說，拿起刀叉放在盤子邊，裡面還是半滿。原來他食量不大。難怪他這麼瘦。

「但他仍在威脅我，」我說，向前俯身到桌上。他迅速退後。

「我們會想辦法，」他說。

這已經是最好的答案了。

「除非你答應，」我說，「我可以保持沉默直到你幫我。」

他的舌頭找到了牙齒上那片洋芹葉，在上唇裡面動來動去。舌頭失敗之後，他把手指伸進嘴裡從牙齒上刮掉菜葉。然後他在面紙上擦擦手指，簡單俐落。

「這是無謂的談判，」他說，「跟我們的案子無關。」

「你說過你會想辦法。」

他伸手拿起杯子又喝一口水。他在思考。

「我可以派個保鑣給你。」

他提供的方案並不吸引人。我已經厭倦了胡笙，現在我最不需要的就是如影隨形的保鑣。

「那不是辦法……」我說。

「那麼你想要怎樣？」

我可以察覺他不高興了。

侍者送來一碟橄欖油炸的洋薑。我最好趁他開始吃之前離開。我已經覺得反胃了。

起身後，我在空中揮了揮他的名片。

「等我想到什麼再打給你。」

15

我向好奇得快死掉的胡笙概述情況，沒說太多細節。我只說了他必須知道的事。捲入這種不幸的事情，太多準沒好下場。如果你知情，說溜嘴一次就可能陷入大麻煩。

我必須趕快想到什麼，找到可以讓賽米爾．卡贊希做的事情。拖延給了我一點權力，但是讓他們意外的事件可能導致我不想要的麻煩。目前他們欠我。但是，狀況隨時可能逆轉。

我不知道我對賽錫克能有多大影響力，但如果已經有人開始行動，如果他們真的取得了重要線索，那就不可能阻止警方。不過，我還是必須試試。

是指稍後。現在我們有別的事要處理：像是拜訪頭髮綁了雪白大緞帶，但醜到可怕的梅蕾克！

我交給保鑣之前關了手機，一重新開機，我就收到那個熟悉號碼傳來的簡訊。

「開機，否則……」沒錯，現在由警方和黑手黨證實了：瘋子並沒有實踐他的威脅。他是個騙子加懦夫。他對我的威脅力不過如此；他不再可怕了。他喜歡可以隨時打給我。我也有些話想跟他說。

胡笙完全搞糊塗了。

「所以現在他們有兩個人，是嗎？」他問道，「被抓的那個沒有想殺我。」

手機鈴響我拿起來，以爲是那個瘋子，但不是。是澎澎。我接聽。

「唉唷我的天，發生了眞～的很怪的事，」她說。

「比方說？」

「我收到一個信封。郵局送來的。但上面是你的名字。」

「啊？什麼意思？給我的郵件卻送到你的地址？」

「沒錯，小泡芙。」

這個暱稱倒新鮮。

「誰寄的？」

「這我不知道，唉唷我的天。信封上沒寫。我從郵戳看得出是在塔克辛寄的。但信封裡有個小東西。我摸得到。好像鈕扣。」

「打開來看看，」我說。

「呃，如果是私人物品，事後可別抱怨啊！」

「唉唷，澎澎，我有什麼事瞞過你了？打開，是我說的。」

「OK，等我一下。但別以爲我相信你。你有很多事瞞著我。我很清楚。」

她故意把信封湊近話筒讓我清楚地聽見撕紙聲。

「是什麼？」

「胸章，」她說，「還有張字條。」

「哪種胸章？字條寫了什麼？念給我聽。」

這時我們停在胡笙父母的漂亮房子前。車子比早上多了一點，小孩子更是暴增。

「我在看……我是指字條……『我也知道這個地方。你會想起來的。』就這樣。沒有名字，沒有簽名，沒有地址。啥都沒有。我是說，信尾通常會有『日安』或『祝安好』之類的。我跟你說，這年頭啊，大家的禮貌都不見了。以前在學校裡還會教導禮節。現在他們根本不在乎。正確的教育眞的很重要—」

如果我不立刻插嘴，顯然她要長篇大論了。

「我知道，」我告訴她，「那個胸章呢？上面有什麼？」

「我正在看呢達令…但是我沒看過這種東西。是黑色的。方形。看起來像新浪潮的時髦玩意。你知道的，女生到處別在身上的那種。我想這個別針壞了。讓我看看是不是掉在信封裡。」

她放下電話，又翻動紙張發出噪音。

以最新威脅的投遞方式看來，似乎是那個瘋子幹的。他在向我證明他知道我朋友的地址，如果想要可以直接找上他們。不過我很好奇想知道他寄了什麼給我，因爲他宣稱我會想起來……

「沒有！別針不在信封裡。」

「有沒有寫什麼，或是徽章？」

「上面沒寫東西。只是字母與數字的隨機組合。你自己來看。」

她描述的東西不是胸章；是電腦晶片。澎澎與科技的關係完全建立在消費上。她會突發奇想買個現代設備，然後立刻把玩，嘗試眞的使用，當然，直到它壞掉或丟進垃圾桶。她甚至抱怨遙控器上按鈕太多。有很多次她無法使用東西就打給我，因爲東西「壞掉了！」最近她嘗試看DVD卻沒用訊號線連結她的DVD播放機。所以你不難想像：如果她看到晶片也不會認得。

「我會盡快過去，」我說。

「你來的時候順便告訴我最近的秘密，免得老是說謊沒事情瞞著我。顯然你又偷偷在搞什麼事情了。」

梅蕾克在跟其他鄰居女孩玩跳房子。柯札拉克太太對鄰居小孩的形容完美無缺。我立刻在孩子堆裡認出了梅蕾克，即使她頭上沒綁大緞帶。

她不會認識我，但她認識胡笙大哥。她停止遊戲，像個成年婦女向同伴道歉，走向我們。顯然我們是整個社區的本日新聞。

「哈囉，胡笙大哥，」她友善地說，整裡她的衣服。「柯札拉克太太說你們有事要問我。」

她望著胡笙的樣子不太純眞。明白顯示出她這個年紀的女孩對男人的猥褻興趣。如果澎澎在場，她一定會說她是「小蘿莉」。

跟我握手自我介紹之前，她上下打量我，仔細觀察我想要辨別我是怎樣的人。她簡直像在做斷層掃描。她的直覺一定很強，因爲她很快察覺怎麼回事。直到今天，她都從遠處欣賞胡笙大哥，現在她給我打分數時，也給他打分數，因爲我們混在一起。再多錢我都敢打賭我們得到的是F。

「請說吧，大哥，我在聽。」

有的小孩很可愛；我可以容忍他們。有的很漂亮；我也能夠容忍。但是有些，例如這個女孩，自作聰明的萬事通又跟柯札拉克太太說的一樣醜，呃，他們很難容忍。她就像那些老電影裡的小孩。成熟又邪惡的侏儒困在小孩的身體裡。

胡笙跪下以便說話時能看著梅蕾克的臉。我很好奇他在哪裡學會的。我確定他不會看那些解釋兒童心理學的白天節目。

「昨天有人拿了個信封給我。交給妳拿到樓上去。親愛的梅蕾克，妳記得嗎？」

「當然記得，胡笙大哥。」

「妳能跟我們描述嗎？他長怎樣？」

她在班上絕對名列前茅。老師不在時會干涉那些聊天吵鬧的人，而且老師一回到教室，她會報告誰在下課時間說髒話；乖乖寫家庭作業還會預習明天的課程，以便爭取老師的關愛。

「請給我時間想一下，」她說。

她的思考姿勢是食指貼腮同時側頭。她還瞇起眼睛。我敢說她對著鏡子練習過。

「是個年輕大姊。」

但是那個瘋子是男人啊！

我也立刻跪下來。

「她長什麼樣子？」

雖然我發問，她還是轉向胡笭。顯然她決定完全不理我。

「大概二十歲，我想。她好像出名之前的愛波露．君黛胥。」

我不記得愛波露．君黛胥成名前長怎樣，但我猜她是個大眼睛的嬌小黑髮女人。

「她長頭髮，到這邊。」

她比畫，稍微超過肩膀的長度。

「親愛的，她跟妳說了什麼？」我問。

「我們似乎沒有見過，」她非常假掰地說，又在打量我。

甩她一巴掌可以讓這小女生放尊重一點，但我們還有話要問，所以我忍住不悅。

「喔……我是柏薩克，」我伸出手說。

「我是梅蕾克，」她說，行個屈膝禮。

「現在我們認識了……她跟妳說了什麼？」

「你是胡笭大哥的誰？」

「他是我朋友，」胡笭迅速回答，讓我省得想答案。

「我沒看過他，」她懷疑地看著我們兩人說。

這簡直是官方認證了：這女孩公然跟胡笭調情而且嫉妒我。這一定是所謂女人的直覺。

「我回答妳的問題吧，」她說，「我們在這裡玩的時候那個大姊騎車過來。」

「腳踏車？」

「對，柏薩克叔叔，腳踏車。」

她叫我叔叔，強調每個音節。現在的年輕世代確實是比較不圓滑，但這孩子更離譜；這個小老太婆滿腔嫉妒，公然用討人厭的態度對待我。

「她問我們有沒有人認識胡笙．柯札拉克。我上前。我說胡笙大哥和我住同一棟樓。她說她在趕時間，她必須去趕考試。她客氣地請我把信封送到他家。」

機車，考試……女性，學生……這是什麼意思？

「是哪種腳踏車，梅蕾克？認得出來嗎？」胡笙繼續發問說。

梅蕾克又擺出思考姿勢。

「嗯……不太新。如果我沒記錯，有變速。是藍色。但不是女生的車型。通常放打氣筒的地方有個黃色水壺。你知道的，有瓶嘴的。」

「你眞是萬事通，對吧……？」我說。

一手撐在胡笙大哥的肩上，她回答。

「我有知識，但不是萬事通。」

別的情況我會把這樣頂嘴的人撕成碎片。但我們需要她，所以我克制。況且，她記得的細節如果是眞的，就很重要。這女孩顯然眼睛很尖。

我繼續問了一個我興趣範圍內的問題：「妳記得她穿什麼嗎？」

「她穿牛仔褲，」她這次毫不猶豫地說，「還有牛仔外套。我不記得是紫色或紅色，但她穿了亮晶晶的彩色運動鞋。Converse 牌。今年夏天我媽也會買一雙給我。」

內心有個聲音叫我去買兩雙Converse運動鞋送她。她提供的細節值這個代價。

「還有嗎？」

「她戴了安全帽。像機車騎士。黑色。上面有火焰貼紙。」

「妳太棒了，梅蕾克，」我說。

她真的很棒。我是說，我不是禮貌性敷衍；此外，我發現自己有點被她的Converse故事感動，也喜歡她的強悍。

「我知道，」她說，「大家都這麼說。」

「多謝，妳幫了大忙，」胡笙說。

「喔，我剛想起來：她安全帽側面有的閃亮貼紙。郵票大小但是閃閃發光。」

她的注意力很敏銳，記性也很好。她一定會發現自己有多醜。我們小時候都邪惡得難以置信。她在學校或社區裡的同儕，如果生氣想要傷害她，一定會罵她醜。所以她學會了以智慧和明察秋毫的能力彌補醜陋，她一定很小就注意到這一點。我不相信俗話說漂亮的人都無腦，但多少有點道理。漂亮的人不需要任何東西就有人欣賞他們。這是人的天性。所以他們不需要用腦。發現自己不漂亮的人會尋找、發現、培養與展現其他特質以求取悅別人。

我們向她道謝。

「改天我們帶妳去遊樂園或看電影吧，」我很誠懇地說。

「我不喜歡遊樂園，老是很吵。但看電影可以。我去問我爸爸。」

她從哪兒學會像個高智商、已成年的侏儒講話，是個謎團。

我們走近車子時，胡筌大叫，「你不是眞的想邀她去看電影吧！」

「我是說眞的，」我說，「有何不可？如果我沒空，你可以帶她去。看不出來嗎？那小女孩煞到你了。」

16

現在我們有個女性共犯要對付。根據得到的資訊，她可能是大學生之類的，騎腳踏車在伊斯坦堡這個山丘城市漫遊。既然她戴安全帽，騎腳踏車就不是當作休閒娛樂。她的安全帽上有火焰和雷射貼紙。這些都是線索。我們只需要找到她。

首先我們必須去找澎澎弄清楚晶片裡是什麼東西。

胡笙知道路但是擔心找不到停車位。他說得對。尼桑塔希區和泰斯維奇耶區向來很難停車。我們必須停在停車塔大樓再走過兩條街去澎澎家。

腦中浮現的怪異直覺讓我忍不住。

「胡笙，」我們走向澎澎家時我說，「你知道我去哪裡，做過什麼事。」

「對……」

「你也知道我要去見的人住哪裡……」

「是啊……」

「看，你不用指示就能找到澎澎家。還有我的辦公室……」

「我載你到處跑很多年了，」他驕傲地說，「我應該知道的。」

「而且你迷戀我。」

「唉，可惜沒有回報……」

我停下腳步看他，瞇起眼睛。

「你該不會是那個瘋子吧？」

他很困惑。

「開玩笑的，」我說，「我只是開玩笑……或許你安排了這一切以便混進我家。如果是這樣，你成功了。我們現在像連體嬰一樣寸步不離。我們勢必要彼此適應。如今那封信還送到你家去了。」

「但是電話！」他說，「他打來時我在你身邊啊！」

「喔，你可以找朋友替你打電話！」

「我向天上的眞主發誓，我沒做這種事！」

「我對經常發誓的人沒什麼信心，」我說。

「該死！」他說，憤怒地把車鑰匙丟在人行道上。「你不會眞的認爲我有可能殺人吧。」

他站在路中央，大吼大叫。一聽到「殺人」字眼，附近路人都提高警覺。豎起耳朵，想聽我怎麼說。

「慢點！」我說，「大家都在看我們。」

「隨他們的便！怎樣？我看起來像殺人犯嗎？看清楚！」

我彎腰從地上撿起車鑰匙，抓住胡笙的手臂，拖著他往澎澎家走。如果他再這樣大叫，我不只會罵他；我會打得他屁滾尿流。

「即使為了你，我也不會做這種事。懂嗎？我做不到。我連犧牲祭典都不敢看。我只敢殺蒼蠅。蒼蠅！你怎麼可以……把我當兇手，我的天啊，不公平！」

他顯然有點崩潰了。

我壓低音量設法讓他安靜下來。

「好啦，好啦！冷靜點……像個大人坐下來談吧。那只是個想法。」

我努力裝無辜，對他擠出最甜美的微笑。通常有用。

「你必須承認那是個荒謬的想法。你害我激動起來了！」

我友善地伸手放他肩上輕搖他一下。

「你說得對。很抱歉。」

我在他臉頰輕吻一下讓他冷靜下來。

我們繼續走路——但是一言不發。

公寓大樓外有個紙箱在等垃圾車來收。我在裡面發現我大老遠從澳洲買給澎澎當作禮物的迴力鏢。上面有原住民雕刻的咒語，他們相信迴力鏢回到主人之前停留在空中的時間會變成額外時間加入主人的壽命中。我不嫌麻煩帶著它飛越半個地球，不知感激的澎澎卻在春季大掃除把它扔了。

我感覺很不爽。

我再仔細窺看箱子裡看她還丟掉了什麼。有個正常無損的咖啡杯，一個方格圖案的鐵皮盒，廚房的舊窗簾，揉成一團……謝天謝地，沒有其他我送的東西。

當澎澎開門發現我站在她面前，她面帶譴責地瞪視。

「我不敢相信我的眼睛！」

她不敢相信什麼？是我，而且她已經認識胡笙。她來找我之後坐過他的車回家好幾次。

「唉唷我的天，看看你！就算我早上都不敢穿這樣去隔壁鄰居家喝咖啡。」

「我也很高興見到你，」我走進門說，「這是在偽裝。」

「但是你看起來好恐怖……」

顯然，她想要延續這話題。另一方面，我沒心情討論我穿去胡笙家的服裝。我還在對迴力鏢的事不爽。

「我們沒什麼選擇，」我說。

「你還說沒事情瞞我……你看！你被看穿了，唉唷我的天。我認識的你總是高雅、有格調。即使沒跟上最新流行趨勢，看起來也是俐落迷人。但是瞧你這身模樣！好像週四市集的五金行攤販。」

一個句子裡能丟的磚塊是有限的。胡笙的老爸就是開五金行。他是否參加週四市集並不重要；我發現這句話罵到了胡笙。當然，澎澎不可能察覺。

「是我在我家選的衣服，」胡笙板著臉說，「我爸就是開五金行的！」

「喔，不妙！唉，很抱歉，達令。我發誓我不是那個意思。純粹是我太愚蠢無禮！別理我。我有時候講話不用大腦，出過很多糗。唉，我真丟臉。」

她確實是。我好久沒看到澎澎臉紅了。

於是，爲了補償，她拼命誇獎胡笙，用大量美食招待他，設法給他禮物，沒完沒了。她喜歡送的禮物通常是她的自畫像。簽名裱框。面露甜美表情，或嘟嘴送飛吻，她臉上所有皺紋都修掉了，化濃妝的不老澎澎！有時候畫框還是銀製的，看對方的身分和情境的重要性而定。然後她期待她的畫像被放在對方家裡最尊貴、最明顯的角落。任何一個有理智的人家裡能放多少張澎澎的畫像呢？

但是，我不像澎澎，至少不會把它們丟進垃圾桶讓全世界看見！

澎澎立刻拿來她稱作胸章的晶片和字條。我們終於回到正事上了。

字條又是用電腦打字的，印在A4紙正中央，大大的古典Times New Roman字體。我確定信封或字條本身不會有指紋。我放下字條。

光看不可能從晶片知道任何事。我只有把它放進電腦才會知道內容。

「這是個晶片，」我說，拿在手上翻來覆去。

「什麼意思？」胡笙說。

「我還不曉得，」我說，「放進電腦裡才看得見。」

我想盡快回家找出晶片內容。我準備起身。

「不行，你哪裡都別想去！」澎澎說，「你才剛來。我不管，奶油泡芙。你不能拍拍屁股就走。現在，我要給你們倆做個甜粥。」

澎澎一直唸我的衣服，嘲笑胡笙和他的家人，即使是無心的，又不經意丟棄了我買給她的禮物。我已經很不耐煩了。

「別叫我奶油泡芙！」我說。

「唉唷我的天，我叫你奶油泡芙有什麼不好？奶油泡芙，奶油泡芙，奶油泡芙！你看！」

在喊最後一聲「奶油泡芙」時，她像個頑固的小孩跺腳。她伸出下唇雙手抱胸。傲慢地抬起下巴。

實在太搞笑了！她說話的樣子，她的措辭，她的舉止跟生活方式，還有她的人生觀，澎澎向來是太理性所以生活無聊者的解藥。她再次讓我發笑放鬆下來。

況且，她做的甜粥超好吃。我們決定留下。

在飲食方面，我過了很美好的一天。

17

我的手機號碼只給挑選過的少數人是件好事。我一開機，這玩意就響個不停！彷彿知道我號碼的每個人都迫不及待告訴其他人，我拿起電話時都以為是那個瘋子，螢幕上立刻顯示，有些是已經儲存的人名，也有不熟悉的號碼。我無法全部接聽。我現在是個了解成名多辛苦的名人了！拇指按一下，我就讓他們知道我沒空。

我幾乎無法想像我家的電話，或者應該說，我的答錄機遭受到的轟炸。畢竟，那個號碼等於已經公開了。

我們從尼桑塔希區回家時，被困在黃昏的尖峰車陣中。

我們怠速時，我的心思忙著設想我可以要求我的黑手黨新人脈賽米爾·卡贊希為我做什麼。我得想件好事。必須符合我的目標幫我脫離目前的困境。

我看看手機：有個不明號碼堅持地打給我第三次了。我接聽，準備好好譴責打錯號碼的人。

是塔羅牌大師安德莉普·圖翰。

「抱歉打擾了，但我有事必須告訴你，是對我很重要的事……」她說，「對你應該也是。」

我沒有選擇只能聽著。

「我每次算塔羅牌都看到你。這不正常。卡片想告訴我一些事情，但我看不懂。爲什麼是你？而且有人跟你在一起。男的，不像你的情人。你正身處險境。或許還沒有發生，但很快就會了。每次我翻到你的卡，都充滿了焦慮。感覺胸口沉重。彷彿……」

我的靈氣師父古爾已經告訴過我安德莉普·圖翰是個有敏銳預知能力的靈媒，而且她只把塔羅牌當作證實預測的輔助工具。這個頭戴四角內褲到處跑的女人似乎看見或感覺到胡笙和我的處境。光是她形容我和胡笙的關係，尤其準確。

「我從遠處收到的訊號不太強，無法看得很清楚。本人在現場總是比較容易，讓我可以有肢體接觸。請到我家來，帶著你的男友。我必須算你們的牌。我不斷想起你們的事，沒辦法算別人的牌。我卡住了，不能再這樣下去。我晚上會失眠。」

「今晚過去有點太晚了，」我婉拒。

我打算直接回家調查這塊晶片。把它裝進電腦，安全測試要花點時間，才能夠打開。如果晶片有問題，如果需要其他輔助程式才能執行，那麼整件事就眞的是一大挑戰，可能耗上整夜。

「無論多晚，我會等你，」她說，「反正我通常會熬夜。況且，我現在的狀況睡不著。我說過，我的心思都卡在你們兩人身上。」

從她語氣中的堅決，我看得出她不會接受拒絕。

「但我不敢說什麼時候。」

「呃，那就別說，」她說，「要過來的時候打給我。我會等著。」

彷彿今天還不夠忙碌累人，我又多了一個行程：找安德莉普．圖翰算塔羅牌。

我告訴胡笙這個好消息。

「土耳其最有名的塔羅牌專家，靈媒安德莉普．圖翰，今晚要算你的牌。」

他賞我一個怪表情，彷彿我瘋了。

我們後面的車子按喇叭，胡笙換到一檔把注意力轉回路況。

我的心思飄回新認識的黑手黨人脈。我能要求賽米爾．卡贊希什麼？符合他權力與人脈的事情……

在家裡，我的答錄機不出所料在閃爍，但首先我得換衣服。我開始感覺像個真正的五金商人了。當五金商人沒有澎湃暗示的那麼糟，但是你很難認同那會是適合奧黛莉赫本和我的職業。

能脫掉偽裝，赤身裸體最好；然而，胡笙也在。如果我裸體在家亂晃，等於是在勾引他。但我能穿什麼呢？我不想穿男裝。我已經這樣奔波一整天了。我伸手去拿淡粉紅短褲；我毫不猶豫地穿上。然後我穿上鬍鬚芭比的白T恤；領口和袖口用指甲剪剪掉了，所以破破爛爛又到處垂著線頭——非常時髦。

開始工作之前洗個澡應該不錯，但我的好奇心壓倒了對於清潔的意願。胡笙不耐煩地等待，走來走去擋我的路，彷彿即將初次目睹什麼奇景般興奮。

「先聽留言吧，」我說。

我來不及按下播放鍵電話就響了。我不想再來一個像安德莉普．圖翰的驚喜。我決定不接，至少暫時如此。我聽到是誰還是可以改變主意。

一聽見那個瘋子早已熟悉、機械式的低沉聲音說，「我知道你們兩個在家。接電話，」我拿起話筒。

「唉呀呀，」我說，表現輕鬆不在乎，但保持警戒。「看看誰打來了！這不是我們的神經病騙子嗎！」

他一定料得到我這麼說。新聞台都是槍擊蘇海爾．阿爾金的兇手被捕的報導。不過他還是愣了一下。

胡笙屏住呼吸聽電話，我把它轉接到喇叭上。畢竟，這件事跟他也有關。

「有誤會，」對方說。

「哪種誤會，唉唷？你說是你幹的，但已經證實槍擊蘇海爾．阿爾金的不是你。那怎麼可能是誤會？搞不好，我們會發現瑟梅特師父是意外中毒。你不過是個瘸腳的投機份子！」

「嘿，慢點！」他說。

「你才慢點！頂替你沒做的事還眞方便啊。你可能以爲這樣比較嚇人。可悲的傢伙！」

我打算激怒他；他搞得我神經緊張，是反擊的時候了。

「所以你還沒找到我留給你的線索，」他陰險地說，想要佔上風。

對，我沒找到線索。

「在你家裡仔細看看！」他說，「我期待你的觀察力更敏銳一點。」

我迅速環顧四周。沒什麼異常。

「我等你到午夜。然後我會再打來。如果你沒有進度，呃，有個驚喜可在等著你！」

說完，他掛斷。

這個人的驚喜向來討人厭。我不確定我想再來一次。

這時眼神再度充滿恐慌的胡笙問，「他怎麼知道我們回家了？」

問得好。

「他一定在監視我們。」

胡笙跑到窗邊往外看。看他的表情彷彿期待能一眼發現那個瘋子。我走到他身邊。街上沒有人監視著我們的公寓。其實，根本沒人。舉目所及都是擁擠的公寓大樓。正常的希哈吉爾區景觀。有燈的窗戶和沒燈的窗戶一樣多。眼前是寧靜的希哈吉爾區，時髦的古穆蘇尤區在右邊，更遠處的邊緣是舒適放蕩的賽圖圖區。街道狹窄，沒有一條是直的，也沒有一條和別條平行，街道像毛蟲捲曲，高矮不一的公寓大樓，全都擠在夜晚的陰暗中。任何人持有在卡拉科伊區地下道賣的那種韓製望遠鏡，甚至一副瘸腳雙筒望遠鏡，就能監視我家。

想到被人監視，驚訝之下，我趕緊拉上窗簾。

我知道我很可笑，但如果他眞的在監視，至少他看不見屋裡的動靜。

「這混蛋是貨眞價實的瘋子！」胡笙說。

我陷進沙發裡，感覺彷彿我的身體忽然重得無法支撐。

我按下答錄機按鈕。

前三則留言之後是一連串的掛斷。然後，終於是領班哈山。

「我確定我沒撥錯號碼。留言是怎麼回事？怎麼搞的？你爲什麼不接手機？」

留言是怎麼回事嗎？也許我的答錄機留言被換過了。所以來電者才掛斷，因爲他們以爲他們打錯了。我中止留言按鈕聽取我的對外留言。

那個瘋子低沉的喉音開始說話。

「喂，留言給你們找的人沒有用。他根本沒空。」

傲慢的傢伙！他來過我家，侵入我的私人空間，彷彿這還不夠，他更改了我的答錄機留言。我忽然感覺很洩氣。喉嚨打了個結。我想砸東西，揍人……然後坐下來哭。我陷入住家被入侵的感覺。從地毯到天花板，每個角落都被玷污了。這下我在床上怎麼可能睡得著？他坐過我現在的位置，摸過我摸的東西。我感覺作嘔。眼眶充滿淚水。我發現我開始氣得發抖。

我從坐著的沙發拿起手工的比利時坐墊丟到地上。這無法宣洩我的怒氣，感覺也沒有好一點。坐墊靜靜落在地上，在地毯中央。

我不可能跟看不見又不認識的人戰鬥。人該怎麼挺身對抗不明的威脅？如何準備，如何預防？大災難經常在我們必須對抗未知時發生。

我很不高興。不高興令我更加憤怒。胡笙無助地站在我面前；他不知該怎麼辦，向我伸出雙手，又放下。他重覆幾次才終於鼓起勇氣坐到我身邊伸手攬我的肩。

「我們必須堅強，」他說，「這是意志力的戰爭，別讓他得逞。」

我沒料到他會用這麼冷靜的口氣安慰我。

我疲倦地微笑。

他把我拉向他友善地搖晃。

「呃，先改留言吧！可能有人會打來。」

他說得對。

我先去洗臉擤鼻涕免得聲音古怪。我把留言改回原來的樣子。第一次錄音時我的聲音聽起來好糟糕。但是到第三次，勉強算是正常了。

我有好多事要做。我無法決定先做什麼。他寄給我的晶片裡是什麼東西？爲什麼要寄？查清楚這些要花時間。如果我今晚要在家睡覺，我必須搜遍每個地方找出他弄髒了什麼，摸過了什麼，搬動了什麼。如果他暗藏了什麼東西怎麼辦……？太難了；我無法睡在這裡，強烈的疑慮侵蝕著我。當然，唯一的辦法就是去別處睡。我明天可以叫居家清潔公司把整個家消毒。我的打掃女佣莎蒂沒辦法獨自做這件事。黑手黨賽米爾·卡贊希在等我消息看他該怎麼回報我。我必須打給賽錫克請他暫時不要深入調查。安德莉普·圖翰在等我去算塔羅牌。我必須連絡好幾十個無疑被瘋子的答錄機留言嚇到的人，向他們說明狀況，從哈山開始。我得先回覆打過「未接來電」到我手機的人。他們也在等說明。瘋子給我的時限到午夜，還宣稱會有個新驚喜。但是，等我們到午夜做什麼？這只是他加諸我身上的重擔，爲了擺脫，我必須抓到他。換言之，每個人，包括我的對手，都在期待我做些什麼。

想到必須做的一切讓我很沮喪。我長嘆一聲。沒有幫助。

18

這個任務令人緊張。

我在測試晶片。

我打開了電腦外殼，備份好資料以防發生問題，放進晶片。可恨的是它的內容跟我自己的電腦完全相同。起先我以爲它壞了，出了什麼問題，我看到的是我的電腦內部而非晶片。我再試一次，這時我才確定。我所有資料檔都在這晶片裡。如果我要自行備份，我都不可能做得比他好。最後一個存取日期是三天前，當時瘋子的威脅才剛開始。但他明明今天才進來我家；所以他三天前存取過我的電腦。我有多重安全系統可抵抗網路入侵者，但我自己的電腦完全沒有。家裡除了我沒別人會用，直到現在！他只需要按下開機鈕。三天前這瘋子曾經坐在我的電腦前。

我的劇烈頭痛完全是心理因素。我半顆腦袋在脹痛。內心有個聲音叫我丟下一切快逃。但是去哪裡，我不知道。哪裡都行。在這時候有航班的任何地方，用我護照上任何還有效的簽證……我有足夠積蓄讓我舒適地過一段時間。夜店自己可以支撐。雖然是個八卦大嘴巴，哈山很可靠。給他更高的分紅，他會把這當作自己的生意經營下去。萬一夜店破產怎麼辦？我會當非法逃犯找個工作。最壞的情況下，我可以去夜店表演變裝秀。我在巴黎已經有過成功的經驗；如果行不通，我就必須啟動國際人脈網。到每個人家裡當幾天客人，我可以安全地躲上好幾年。

我可以每年去里約跟作家馬赫梅・穆拉特・索瑪一起住半年，騷擾他，叫他不要再寫我的故事。或許我遭遇這些事是因為他寫的書。既然他因為我變成暢銷作家，他應該對我敞開家門。

我不在乎我的公寓會怎樣。如果他眞的想要，那瘋子可以來住，愛怎樣就怎樣。我隨時可以請求賽米爾・卡贊希用他海外的黑手黨人脈幫助我。如果他們眞如自己宣稱的那麼強悍，他們甚至可以提供我假護照和身分。我敢說我也可以要求金援。何況，我是專家駭客，這在世界各地都是賺錢的職業。

等到我回來——如果我眞的回來——事情應該已經平息了。如果到時他還沒因為一級謀殺罪被關起來，這瘋子可能已經忘記我了。

我很認眞地考慮這些選項。

人人都有個崩潰點，我已經到達了。有時候思慮不周的決定，純粹依賴直覺，也可能有好結果。或許我正在這樣的時刻。

我起身打開放護照的抽屜。我得檢查到期日和簽證。我也可以去不需要簽證的地方。雖然晚上這時候航班不多，我還是可以搭土耳其航空去曼谷。去泰國不需要簽證。

我的長期美國簽證和兩年期英國簽證都還有效。但我那本該死的護照效期剩不到一個月；我忘了換新。很多國家對護照效期不滿三個月的土耳其共和國公民並不太歡迎。

我拿著護照，坐倒在地哭泣。就這樣，我的逃脫求生計畫破滅了。我也是！我精神崩潰。淚水像瀑布流下臉頰。我無法克制也不太確定我想忍住。我好慘。

我受夠了，無論會發生什麼事，只希望這一切趕快結束。

我呆坐著眼神茫然地凝視，什麼也沒看見，什麼也聽不到。

胡笙扶我起來，帶我進浴室，幫我洗臉。我需要一點關愛和同情，一點縱容。這幾天每個人都要我去做什麼，但沒人在乎可憐的我。

我把自己託付給胡笙堅強、同情的臂彎與熱情的嘴唇。

19

「禁慾」也不過如此。我拋棄了我所有的約束與自制。有時候在邏輯範圍外的事情可能對我們有用，指點我們眞理之路。例如美妙的性愛！雖然我知道事後我會後悔，胡笙的表現眞是太棒了。他激情靈巧的手指刺激著我的身體讓我恢復了理性。我的緊張被甜美的嗜睡感取代。同時，我的心智被修復到嶄新明朗。

目前的狀況一定有個明智合理的解釋，我告訴自己。一定有。

我仍倚著胡笙溫暖的胸膛讓他努力再次誘惑我，我開始在床上用手機打電話。

首先我撥賽米爾．卡贊希的私人號碼。

「哪位？」他簡短回答。

我請他派人監視我的公寓，全天無休——紀錄每個進出的人——直到我喊停。

「我們通常不做這種事，但我們會處理，」他說，「我會派個小弟過去。他會先向你拜個碼頭……」

很合理。「你處理了我們的事情嗎？」

「我正要打給他，」我說。

胡笙隨著時間大幅改進了他的表現。他運用微小的觸摸，很溫柔，很巧妙。

「慢一點，」我說，在他嘴上一吻。「我們還沒解決任何事呢。」

他把我的舌頭吸進嘴裡回應，同時撫摸我大腿內側。

該打給賽錫克了。

「你們能監聽手機對話嗎？」我劈頭就問。

「能，」他說，「有必要的話可以調閱錄音。」

眞是壞消息。我不希望自己說的話被錄下來。關於這一點偏執的賽米爾．卡贊希比我更介意。我的市話已經被監聽了好一段時間，就因爲最近這個瘋子。

「我們該怎麼辦？」我問，「有個問題我想跟你討論。但如果有竊聽就不能用電話講。」

線路另一端沉默片刻。胡笙以爲對話結束了，趕緊恢復動作。我推開他。

「呃，」賽錫克說，「如果是這樣，我還沒學會心電感應交換資訊的技藝，那就只剩一個選擇——老派的作法。」

他是指會面。

「半小時後我去你家門外接你。我們去兜兜風。」

看到胡笙如此賣力，「四十五分鐘吧，」我說。

我們敲定。

我沒告訴胡笙我要單獨去，直到電話講完。

我早該知道我沒時間洗澡，但賽錫克是老朋友，我認爲不必精心打扮。我駁斥胡笙被單獨留在家的抗議，叫他鎖門坐在沒窗戶的儲藏室等著。他大笑。性愛也讓他放鬆了。

「我頂多半小時就回來，」我給他一個吻說。

我衝下去時賽錫克正在路邊停車。他開了他老婆艾拉的雷諾而非他的公務車。

我老實向他說明了狀況。我不會對賽錫克隱瞞任何事。我討厭遮遮掩掩的人，自己卻這麼做不合我的作風。他半驚訝，半好奇，不發一語聽完了我的說法。賽米爾．卡贊希這個名號對他不陌生。

「只到這個瘋子被抓爲止，」我說，「然後你想怎樣就怎樣。」

「你了解你在要求我做什麼嗎？」

「當然，」我說，「我很清楚……」

我們沉默片刻。

「這不像他說的那麼簡單。涉及緝毒組，掃黑，甚至國際刑警組織。那是個古老穩固的網絡。一旦開始行動，包括我，沒有人能夠插手。」

「呃，有嗎？他們開始行動了？」

又一陣短暫沉默。

「我不知道，」他聳肩說。

「所以呢？」我說，「我們怎麼辦？」

「我載你回家。」

他沒說他會，但我確信他會盡最大努力試試看。我了解他的作風。

與其在我出門時困坐儲藏室裡，胡笙當下最關注的是塡飽肚子，所以開始煮義大利麵。

「看我找到了什麼，達令，」他咧開嘴笑說。

因爲我們一起睡過，忽然間我變成了「達令」。

莎蒂過來打掃時，用磁鐵黏在冰箱上留了字條給我。我們都沒發現，因爲我們回家後還沒進過廚房。我完全忘了今天是莎蒂的打掃日。

「顯然。她整個早上都在我家。」

字條寫著：「薇拉先生，今天電話公司的人來過。他們修好了電話的問題。我們的奧妙洗衣粉用完了。表面去污劑也剩下不多。謝謝。莎蒂。」

眞正有東西需要修理時，電話公司往往要超過一星期才會來，所以不太可能突然來作例行保養。

「原來他們假扮成電話技工混進來，」胡笙笑說，「我們怎麼沒有早點想到！」

他說得好像有人扮成電話技工上門很正常。莎蒂一定也這麼想才讓那個瘋子進來。如果她沒有盯著他們——顯然沒有——那我們可以輕易斷定這瘋子已經假裝檢查電線，好整以暇地逛過整個家。

字條說電話公司的人。複數？所以不只一個人。他的同伴不可能是那個單車女子。土耳其沒有女性當電話技工。所以他有第三名共犯。我一定惹到整個幫派了。

但光是他今天扮成技工過來無法解釋三天前他怎麼拷貝了我的電腦檔案。

「義大利麵要加什麼？鮪魚，或者番茄加羊奶乳酪？我只在冰箱裡找到這些。」

在廚房發揮創意時，胡笙顯然不遜於他母親。

「隨便你，」我說。我要打給莎蒂。

「嗯，沒錯，」莎蒂說，每個音節都在呻吟——這是她告訴我她多麼累的方式。「電話公司的人來過。兩個年輕男人，其中一個根本沒說話。他們直接到後面房間去檢查電線。花了很多時間，所以我繼續做自己的工作。我要燙一大堆衣服。我跟你說，脊椎都快斷了。」

「形容一下他們，」我說。

「我說過了，他們很年輕。一個留長髮。最近流行的樣子。我聽說在公家單位也允許。他們很瘦。我沒仔細看因爲我不想讓他們誤會。」

「身高呢，還有膚色？」

「依我說，很普通的人，」她說，「他們比我高，但不高也不矮。中等……」

「聽著，親愛的莎蒂，」我說，「這很嚴重。妳最好努力回想。」

梅蕾克小妹給過我們完美詳細的描述。

「喔，少來，你們別逼我，」她說，「我說過，我不記得。我是已婚婦女。我幹嘛仔細看我不認識的男人？讚美眞主，我有自己的老公，非常好看。如果他知道，他會發飆。如果我坐在這兒跟你講電話一直談兩個電話技工，他會怎麼想？反正他不希望我替你工作。而且在你家永遠有好多事要做。我發誓，我內心其實不是很想再回到你家。」

這是她的終極威脅。拋棄我，永遠不再回來。每次我給她一些「建設性的批評」她都用同樣的威脅。她曾經用洗衣機洗壞我兩件喀什米爾羊毛衫，縮水成嬰兒服的尺寸，燙衣服時燒壞我的 La Perla 蕾絲丁字褲被我警告小心一點之後，她也說過同樣的話。那只是件小丁字褲；根本不需要燙。

「隨便妳，」我生氣地說，回想她捅過的漏子。「如果不想來就別來。其實，根本不用來，唉唷！我不需要妳了。」

我還沒開始列舉這些年來她掉落打破的東西。多虧了她，我每三個月都得固定去Paşabahçe玻璃精品店補貨。

「不，不，你誤會了。我不是說——」

「聽清楚，莎蒂，」我說，「請不要再來了……我受夠妳的威脅了。」

我當然找得到比莎蒂更好的清潔婦。

「你聽錯了，」她說，「我沒那樣說。我很樂意爲你工作。我說我老公在抱怨，但我斥責他。我才是賺錢養家的人。家裡我說了算。但他做了什麼？他整天在咖啡館打混，等工作從天上掉下來，然後回家對我和小孩擺架子。我不接受這種事，決不。」

這下我得聽從她個人版本的女性主義態度了。

「如果你想要我明天可以去。我有空。我會完成剩下的工作。我會仔細刷過每一吋地方。你不用付我錢。總好過在家裡聞那個男人的臭腳丫……」

我投降。

胡笙做了鮪魚義大利麵。

20

我們最好盡快出發去見怪異的塔羅牌算命師安德莉普．圖翰。對，那個瘋子給我們到午夜的時間，但我不打算抱著疑神疑鬼的心態待在家裡，瘋狂尋找他留下的秘密線索。話說回來，除了疑神疑鬼我還能怎樣？他闖進我家（兩次！），監視我。「我來」和「我見」已經完成，只差「我征服」——還沒。我不會允許他。門都沒有！

這次胡笙和我一起洗澡。我們互相擦背。我們並肩吹口哨刮鬍子。

「你開始健身了嗎？」我問他。

從我上次看到他裸體之後，他養出了一點肌肉。

「喜歡嗎？」他回答，在鏡中對我微笑。

發現我在看他身體時他狡猾地擺個姿勢，縮小腹略向兩側張開雙臂露出背肌。

「不賴，」我繼續刮著鬍子說。

「我整天坐在駕駛座上。我發現肚子開始變大了……胡笙，天啊，我對自己說，唯一辦法就是去辦個健身房會員。已經八個月了。我每週去三天，在晚上，很規律。現在我看起來還不錯，對吧？」

人人喜歡被欣賞。

第一個不愉快的驚喜在我的內衣抽屜裡。我所有的胸罩都被剪成碎片。胡笙聽到我連聲咒罵，衝進來看發生了什麼事，看到我手上的蕾絲碎片後，什麼也沒問。

「該死的混蛋，」他咬牙低聲說。

唉，好吧，我只好暫時不穿胸罩直到隔天有機會去買新的。沒有胸部也能活。奧黛莉一輩子都沒有胸部。歌手努凱特·杜魯原本像洗衣板一樣平，直到她去做了蘋果形的胸部。反正我從來不喜歡珍·曼斯菲那種火箭奶，或桃莉芭頓、妮嘉烏魯爾那種巨乳。對我來說平胸但高雅的豐滿度一向夠性感了。

我迅速穿衣，繼續喃喃自語。他選了很野蠻的方法，連電影裡的狂人都已經不做這種事了。胡笙也穿上他的乾淨衣服。我們都從頭到腳穿著黑色。

「星際戰警，」我開玩笑說。

當然我不指望他了解或記得那部片。他不常進電影院，因爲他老是在開計程車，努力討生活。

「你是說抓外星人的警探……」他說，嚇了我一跳。「他叫什麼來著？長得很可愛那個黑人。你知道的，也是歌星的那個……他還有音樂錄影帶。」

他眞的認識他。

「威爾·史密斯，」我說。

「就是他。」他彈一下手指說。

安德莉普·圖翰住在黎凡特特區銀行蓋來當作獎品的一戶小公寓。在政府放鬆存款利率管制之前，銀行辦抽獎送禮物以吸引新顧客存款。我有個當銀行員的阿姨，每當她回想上班生涯就跟我們說抽獎的事。然後她會說起伊斯坦堡以前是怎樣。當年，顯然黎凡特與艾提勒區不像現在這麼時髦。沒人想要住這裡。唯一住這附近的人只有一些反社會和藝術家人士，我阿姨形容住這裡的所有人，在她看來，散發的氣息都很怪異，理所當然地同性戀者也屬於這一群。

安德莉普．圖翰一開門，濃烈的焚香煙霧飄出來。小小公寓裡一定每個角落都點了不同的香。

我事先警告過胡笙，安德莉普的服裝品味怪異，但連我也沒料到這個。她穿著一件深藍色拖地長袍。比起澎澎前後方有刺繡的睡袍，安德莉普相當平凡的睡袍樣式或許可以接受。但她腰上沒綁腰帶而是繫著蕾絲吊襪帶。綁在長袍外面！彷彿這樣還不夠，她還把不同顏色的小手帕用吊襪帶的夾子夾起來。一邊有四條手帕。此外她用同色手帕當作成繩子把捲髮綁在腦後。每根手指各戴著不同戒指，手腕上有無數手鐲，這女人看起來活像會走路的聖誕樹。

她爲我們稍微秀了一下，原地旋轉兩圈，讓她的褲襪夾子和手帕在空中飛舞，好像要飛起來了。

「很可愛吧？」她問。

「很可愛，」我說，以爲臉上的表情不會出賣我。

我總是懷疑誰會穿 Vivienne Westwood 這類狂野設計師的衣服——我懂了。

「達令，奇裝異服是塔羅牌儀式的要素。只在解讀塔羅牌時穿的衣服。我的就是這件吊襪帶和幫助平衡能量的彩色手帕。不然我幹嘛穿成這樣？親愛的，對吧？」

從公寓飄出的香味加上眼前的景象顯然讓胡笙改變了主意。如今我必須抓著他手臂推他進去，一面向安德莉普介紹他。

「對，就是他，」安德莉普補充說，「我認得他的靈氣，」一面撫摸困惑又警戒的胡笙臉頰。

只多走兩步我們就進了公寓的中央。

「請見諒，家裡很亂。我的心思都在想你們兩個，根本無法打掃。每次算牌我要分開見你們。這不正常。話說回來，什麼是正常？對吧，親愛的？」

過度親暱的「親愛的」是指我。她不會稱呼剛認識的胡笙親愛的。我忍住我的不悅。

她說的很亂不是兩三天能造成的。似乎整戶公寓裡一個櫥櫃也沒有。所有東西到處散落。電視開著，正在播映無聲的凱文史貝西電影。

「我等你們的時候在看電影。」

她用顯然長期訓練的熟練度從雜物堆中撈出遙控器，暫停了DVD。

「天曉得我已經看過幾次。我都會背了。」

我們找地方坐。唉，窗邊的大沙發和旁邊的兩張扶手椅都被垃圾堆淹沒。沙發上是一座由雜誌、報紙、捲成球所以分不清哪個是哪個的衣物構成的小山，小雜物全部混在一起，山頂上是一顆橘子。呃，我想這才叫靜物畫吧。

「請坐，」她說。

她一定以爲她家是廣大寬敞的希爾頓飯店大廳，有成排的空座位和可以走上幾哩路的走道。當我伸手搬開身邊的扶手椅上我以爲是毯子的東西，發現那是一件用毛毯做的外套。

安德莉普伸出她的手。

「交給我吧。」

如果我們要逐一搬開扶手椅上的東西會搞很久。她把外套丟在沙發上，然後推開幾樣東西，騰出一個屁股的空間，其餘的東西擠壓著搖搖欲墜的雜物山。

模仿主人是有禮貌的通則。我推開扶手椅上的雜物堆清出足夠我保持平衡的空間，然後坐下。

胡笙望著身邊的龐大雜物堆，不知該怎麼辦。

「幸好你們出現了，」安德莉普說，「我已經收到強烈訊號。」

焚香氣味濃烈到足以灼傷喉嚨。我咳嗽起來。

「是香的緣故嗎？」她問，「或者只是咳嗽？」

當她要求我跟她進廚房，我以爲她要我幫忙端她爲我們準備的飲食。我錯了。

她原地轉個圈又讓彩色手帕飛起來。這動作把我逼退到冰箱上。

「他是討人喜歡又乾淨的男人。但對你有點太年輕吧？」她問道。

她突然觸動了我所有從表面到潛意識深層的防衛機制。

「我們不是那種關係。」

她直視著我的眼睛，彷彿可以藉此看見她所認定的眞相。

她用手指輕點我的胸口。

「其實，我也喜歡這樣……不會質疑我何時、如何、從誰得知我知道的事。」

我無意問她這種事。她要幫我們算命，不表示我必須知道安德莉普的所有閨房秘密和她怎麼培養她的神祕技能。但是，如果這個親密時刻是要催促我分享我的秘密——呃，她根本不必指望。

「我眞的厭煩了跟我在一起的男人問我從哪裡學到我會的招式，以前我跟誰睡過，試過什麼，如何變成這種專家……」

我想她在自我吹噓——我無視她跟我分享秘密的需求，我也無意知道她的專長領域。

「像這個人一樣平凡單純的對我比較好……你懂我的意思，對吧，親愛的？」

「當然，」我打斷她說，阻止她繼續刺探。

「男人總是會問，」她繼續說，「年輕的問是因爲他們好奇，老的是因爲他們怕我可能比他們更有經驗。但是你找到了最好的……」

她說「最好的」是什麼意思我當然不懂。

她要算牌的桌子位於封閉在結構後方的陽台上，她喜歡稱之爲「辦公室」。整個空間用深紅色絨幕包圍起來。巨大的胡桃木桌子依照傳統，覆蓋著黑絲桌布，在桌上絲絨內襯的盒子裡，用同款黑頭巾包裹著的東西，是等待我們的塔羅牌。在末端她放了顆蛋形的雞血石，據說能增加透視力，在另一端則是天然未研磨的天青石，她說能強化通靈活動。

好奇的胡笙伸手去摸在燭光下發出詭異閃光的天青石，安德莉普阻止他。

「水晶，」她說，「強大到難以置信……但是請不要摸。它們充滿了我的能量……」

想要弄清楚面對著什麼樣的魔法、巫術或驅魔術的胡笙，趕緊縮手坐在安德莉普指定的座位上。

「卡片其實在午夜過後比較活躍，但處理這麼強烈的訊號時，就沒差別了。」

我們開始之前，她觀察胡笙，仔細打量他。她瞇起眼睛盯著，又睜大眼睛盯著，緊閉雙眼，抬起下巴盯著。最後，她宣布她檢視的結果。

「親愛的，你需要淨化。改天我再幫你做。」

胡笙面露困惑的表情。他的眼神在問是什麼需要淨化；淨化的意思是土耳其俚語說的「除掉某個人」嗎？如果是，會怎麼執行？他疑惑的表情說，我不太懂我應該要懂什麼。對，我光從他臉上表情就看得出來。

「她是指你的能量，」我說，試圖盡量簡短。「你知道宇宙中的萬物都有它自己的能量……」

「你是說靈氣，」胡笙說，今天第二次嚇了我一跳。自從我們睡過之後他一定緊急惡補過常識課程。

「對，」我露出滿意的微笑說，「靈氣。安德莉普看得見別人的靈氣。」

「不是隨時，」安德莉普糾正我，「只有我適度專注的時候。或者對方很強大的話。」胡笙正要得意地以為他的靈氣被誇獎了，「柏薩克的能量非常強大。所以我們在靈氣課程裡絕對需要他，」安德莉普解釋，「我想因此我今天都卡在他身上……他的能量影響到我。也會影響到我的牌。」

安德莉普閉上眼睛，然後張開右掌到處揮動，彷彿在我們之間的空間裡尋找什麼。

「他不知道，但他的能量很驚人。一直散發到這裡，看……」

她指向離我大約七十公分的空中。

「親愛的兩位。我們最好開始吧。我的頭在脹痛。」

她畢恭畢敬地伸手拿起面前的那疊牌，打開細心包裹的黑絲布。

「通常算命時我用神秘塔羅牌，因為比較時髦又理智，但你們的狀況不同。我選擇了騎士偉特牌，多年來它跟我已經融為一體。事實上，作選擇的不是我。我把所有牌放在面前然後等待，以為會是塞爾特塔羅牌。但是，你們走運，向我說話的是我最愛的牌組。」

胡笙繼續懷疑地睜大眼睛。他在桌底下伸腳輕輕踢我。

「我要做十張牌的塞爾特十字牌陣。如果你們不想要，我們就不翻開最後一張牌……」

當安德莉普看著她逐一翻開的卡片，她伸手去摸自己的一撮頭髮，拉著它，用嘴唇夾住，開始慢慢嚼。她吸完了一撮之後，又在不同的區域找到另一撮，整個過程重新開始。

情侶牌是逆向的；月亮與命運之輪牌右側朝上。

「熱戀中的人，」她說，用食指點了點情侶牌。

瞎子都能看見胡笙臉上綻放的笑容。

「同時，對敵人的警告。你有個危險的仰慕者，」她說，把手放在月亮牌上。「他似乎正走向黑暗。黑暗……他無法閃避……他有妄想症。」

「至於命運之輪……最難解讀的牌。凌駕自身力量之上的事件……標示一個時代的結束……無法逃避的全新事件在等著你……無法控制的事物……可好可壞……但搭配上寶劍五和月亮牌通常不是好兆頭。接近……非常接近……非常接近你的人……」

吊死人牌也是逆向的。安德莉普用食指點了兩下，同時嚼著特別粗的一撮頭髮。她從紙牌抬起目光，似乎凝視著我身後的遠方。

「損失……損失的警告……無法看清眞相……喔，我不知道！寶劍三，警告……警告！警告！它一直出現……不愉快的事將要降臨……」

我嚥口水。我喘不過氣，彷彿有人拿大石頭壓在我胸口。胡笙終於停止企圖跟我碰腳調情；他臉好紅，眨都不眨眼望著中央的牌，彷彿被催眠看著安德莉普戴戒指的手指。

「魔鬼牌……逆向……災難的傾向！無法控制的力量……無法解釋的行爲……恐懼！前所未見的傷害……」

我屛息聆聽。正要講到最關鍵的時候，我們聽見街上汽車的喇叭聲，通通嚇得從座位上跳起來。塔羅牌儀式的寂靜被打破。即使我們在大樓後方，噪音突然變得更大了。人們在大吼大叫。門鈴響起。

安德莉普一臉不悅地走去開門。

我們聽見她跟一個顯然很緊張的男子交談，但我們聽不清內容。

她回頭大聲說。

「如果外頭的計程車是你的，顯然失火了。」

起初，震驚的胡笙沒反應。

「是我們的！」我從座位跳起來說。

等我拖著胡笙趕到庭院大門，火焰已經吞噬了整個引擎蓋。出於團結，兩名其他計程車司機正用滅火器努力滅火。有濃煙和燃燒氣味。我停步轉身。胡笙跪倒在地，雙手抱頭，不敢置信地看著他的謀生工具起火燃燒。

我看看錶。已經過了午夜。

「混蛋東西！」我咬牙切齒生氣地說。

21

車子沒有保險。

「他們不保計程車，」胡笙解釋，「因爲我們整天都在路上……全車唯一値錢的東西是牌照。但是不見了！

我們向兩位計程車司機道謝，他們走了，好奇圍觀的民眾也散去，我們站在燒毀的車子前，一層滅火泡沫變成了白色污漬。如果我不知情，絕對不會相信短短半小時前這還是一輛黃色計程車。

「那混蛋一定澆了汽油之類的東西！」他說。

我們呆站著，彷彿希望如果我們等得夠久，計程車會恢復原狀。

今晚滿天星光。

溫柔的微風輕撫我的皮膚。這條街很安靜，人車不多。沒有路人。對面大樓的燈火已經熄了。

連這個季節數量倍增、三更半夜成群在街上亂跑的野狗都不見蹤影。

好安靜啊。

我們佇立在星空下。

安德莉普的預言有必要這麼快應驗嗎？損失，無法控制的事件，黑暗，命運之輪，寶劍五，逆向的吊死人與逆向的魔鬼牌。

「現在怎麼辦？」我冷靜地問。

胡笙正面盯著我。我想移開目光但是沒有。我不知該怎麼辦，該用什麼表情面對他。他在我的眼中尋找什麼？什麼感覺？我抬起眉毛抿著嘴唇，重複我的問題。

胡笙大聲喘氣，抬頭看天上的星星。他猛咬下唇，然後低下頭。他用鞋尖抹開灑在面前人行道上的一團滅火器泡沫。然後慢慢抬起頭，看著我的眼睛，歪嘴苦笑回答。

「我們得去報警。然後我去借點錢，或去銀行貸款，讓我爸幫我擔保，請我媽拿出一兩個金鐲子，讓我買輛新車。」

我想擁抱他，在耳邊說些安慰的話，假意告訴他我愛他。但我忍住。

我們默默站著，直到安德莉普叫我們進去。「我幫你們泡了特調草藥茶。」

特調草藥茶有一盎司的大麻。聞起來混合著焚香味，但我把杯子湊近鼻子時仍然能清楚聞到。

「只有一點點，」安德莉普笑道，「其餘是菩提樹、茴香、一點木槿和春黃菊。讓人睡前放鬆用的……煮的效果就沒那麼強……而且不會成癮。一點也不會！我知道是因爲多年來我睡前都喝好幾杯。如果會上癮我現在已經上癮了。對吧，親愛的？我知道我在說什麼。百分之百天然成分。」

她竊笑著彷彿我們都是共犯。

她多年來每天狂喝，還說這不會上癮。

我從放在安德莉普的擁擠扶手椅上的外套口袋掏出手機。預期的簡訊來了。

「看！我說話算話。這只是開始……」他寫道。簡訊是午夜過後八分鐘發出的。他既準時又暴力。

已經有幾次「開始」了？我碰上一個不會算術的瘋子。他在瑟梅特師父、根本不是他動手的蘇海爾．阿爾金事件之後，都說過同樣的話……

我們喝完天然草藥茶之後起身離開。

「古爾在找你。她找到沒有？」安德莉普問。

「我收到她留言，但我還沒有時間回電，」我回答，一點也不臉紅。

我指指桌上的塔羅牌，解讀還沒結束。

「最近的生活……你知道的……」

「喔，當然，」她說，把玩著吊襪帶上的小手帕。「你週一會來吧？我們在卡維特和席琳的家聚會。」

她指的是我們例行的靈氣聚會。

「如果一切順利的話……」

「他好可愛！」她對我耳語，「我真的喜歡他。現在他很難過。快逗他開心。」

她用詭異的眨眼暗示我可以怎樣讓胡笙開心。

不，他不是我男朋友，永遠不可能，我想這麼說，但胡笙就在旁邊。他今天遭遇的挫折夠多了。

「趁我還沒忘，他需要徹底的靈氣淨化。務必要做……」

我想叫她小心，那個盯上我的可惡傢伙，現在也知道她的住址，他難以預料，如她所說；迷失在黑暗中的黑暗人物，使用無法控制的力量。但我沒說。能這麼清楚預知一切的人還用我警告嗎？如果有危險，她的卡片、水晶或預知能力當然會警告她。不過，我還是很擔心那個瘋子也知道她的地址。

找警察，上警局，報案的午夜驚魂之後，胡笙的酒駕測試開始。一點適當的「捐獻」潤滑了警局那部老舊的機器。這是場苦戰，因爲胡笙像每個司機一樣，把行照塞在遮陽板夾層裡，所以隨著車子被火燒掉了。我們必須更慷慨「捐獻」才行。安德莉普的天然草藥茶讓我們非常放鬆。我默默接受平日會反抗的羞辱言行，臉上一直掛著白癡的傻笑。從我遭遇的人臉上冷漠表情判斷，我還沒做出眞正離譜的事情。

這不只是煩惱的一天，也是肢體勞累的一天，我比平常早起。今天還沒結束呢；我人還在警察局置身警察堆裡，我並不特別喜歡這個職業。我感覺彷彿舌頭腫脹，腦中隱隱刺痛，而且一直想要打哈欠。

對，我只是累了，筋疲力盡。

我站在走廊等候，倚著牆壁看胡笙衝過一個又一個房間努力辦文件，不時狼狽地向我借更多錢。

等到將近凌晨兩點抵達店裡，我已經完全清醒了。

我們的保鏢肯尼立刻注意到胡笙從不是自己駕駛的計程車下來。

他咧嘴笑，露出每一根牙齒。

「怎麼啦，胡笙大哥？你賣了車子來這裡花錢嗎？」

接著是挑逗地眨眨眼。

我和胡笙都沒答腔。肯尼看到我凝重的表情立刻後悔開玩笑，迅速打起精神立正站好幫我們開門。

我沒心情顧店。我不知道我幹嘛來。一定是積習難改。

DJ奧斯曼照例在播放我討厭的電子迷幻音樂。跟任何人打招呼之前，我示意他換首像樣的歌，他立刻照辦。正在舞池中央放空跳舞、被足以讓我器官翻攪的旋律催眠的人忽然困惑地停止動作。他改放一片我們稱之為「來自伊帕內瑪的女孩」蘇西．棒棒．里卡度送我們的巴西CD，如同那首名曲；是Djavan的〈Milagreiro〉，奧斯曼特別喜歡這首歌。大家失去跳舞的興致，舞池迅速清空。這是首相當憂鬱哀傷的歌。不過，再換歌就太刺耳了。我讓它播放，受傷的旋律；這是讓大家坐下喝幾杯，幫店裡賺點錢的機會。

哈山發現我打從走進來時就板著臉孔，寧可在遠處揮手也不敢冒踩到地雷的風險靠近我。他和一個我看不到臉的小姐坐在一起，因為她背對著我。無論是誰，她很俗豔，戴著一頂大老遠就看得出是假貨的Mireille Mathieu假髮。我一向告誡小姐們別穿這麼俗豔，不然看起來好像穿著老媽留下來的衣服。

蘇克魯以光速塞了一杯Virgin Mary到我手上。他從經驗得知如果讓我等太久會挨罵，如果他在我不爽的這種時候拖延，會被罵得更慘。

「你要喝什麼，大哥？」他問胡笙。

先是門口的肯尼，然後是已經老大不小的蘇克魯。稱呼胡笙「大哥」只有一個意思：表示對我「伴侶」的尊重。

「唉唷，你都四十幾了。胡笙怎麼會是你的大哥？」我說。

「表示尊重，」他露出冒失的笑容說。

對，正是。哈山麻煩大了。

我眺望他坐的位置向他搖搖手指警告。但是坐對面那個俗豔女子代替哈山轉過來看我。她半張著嘴彷彿在做牙科檢查，自以爲露出了迷人的微笑。然後她向我揮手。她的化妝好恐怖。假睫毛、厚厚的藍色眼影、妓女才會用的大紅色唇膏，彷彿這一切還不夠，她在臉頰與脖子都塗了亮粉。很眼熟的臉孔，但是，不會吧！那個可怕的山寨變裝者怎麼可能是希爾米警長。

我走向她，擠過回到舞池裡的人群。

「哈囉，」她說，拉直太陽穴上的假髮。

「眞是奇妙的轉變，」我說，「我不敢相信我的眼睛。眞是驚訝…」

我藉此迴避使用「好」、「漂亮」、「不錯」或比較誠實的「可怕」等形容詞。

她伸出手放在哈山手上。

「哈山有幫忙，」她驕傲地說。

原來是哈山把她打扮成這樣。這就是他認知的好玩；他把這個人變成了笑柄。同時，她搞不清楚狀況，對自己相當開心滿意。我相信她自以爲看起來好像流行歌女神忒坎．索蕾。

「不容易，但我還有一個驚喜給你。」

莫非這個 狀態是打算要給我的驚喜。她給了我第二個驚喜——在瑟梅特師父家裡發現、據稱是我燒的ＣＤ。

「這不是正本，」她用低沉的警察聲音說，「我們拷貝的。」

「那麼來源碼就會是你的電腦，不是嗎？」

「呃，這我不清楚。但是內容完全一樣。」

後兩句是以混合身分的語氣說的：一半是認眞的警察，另一半是爽到快要高潮的變裝者。

加贊費忍著發現新鮮小姐的興奮，走到我們這桌。哈山沒有錯過機會。

「容我介紹兩位。加贊費大哥，這是忒坎。忒坎——」

加贊費一聽到這個名字，臉上的笑容僵住。

「抱歉，我沒聽清楚，」他努力保持禮貌說。他以爲自己聽錯了，向哈山俯身想聽清楚。

我拿著拷貝ＣＤ離開時，幾乎聽得見他說，「這是什麼鬼名字？」

我不打算留到打烊時間。我累壞了。

我們癱倒在床上。我沒反對胡笙睡我旁邊，他和我都沒有精神與體力再來一回合了。

22

這次是我先醒來。我滿身大汗，想尿尿，又頭痛。胡笙有一半壓在我身上。我小心翼翼避免吵醒他，推開他的手腳下了床。

新的一天開始了。

今天晴朗明亮，正如昨晚的滿天星光所預告。博斯普魯斯海峽的顏色清晰又鮮艷，我看見遠方一個小點，是藍寶石色。我大開窗戶讓新鮮空氣進來。

我吃了兩顆頭痛藥，泡了些濃咖啡。洗個澡之後我就準備好了。

我坐在窗前，喝著咖啡望著窗外希哈吉爾區的屋頂景觀，計畫這一天。我得請答應我今天會彌補的莎蒂打掃整個家。希望他會盡快打給我讓我知道何時可以等到我的「保護」。然後我必須檢查CD。我不能整天坐在家裡等待賽米爾·卡贊希派來的保鑣。

我聽見有人騎單車經過。我焦急地看看窗外：只是個出來遛狗的男子。不過遛狗人眞懶：他可以騎車，那隻漂亮的黃金獵犬必須跟著他跑。市區內每個單車騎士看起來都不像那個瘋子的女同夥。不過，光看到有人騎單車就足以令我緊張。瘋子達到了他的目的，把我變得杯弓蛇影。他摧毀了他嫉妒萬分的「內心平靜」。

阿拉伯歌〈So Long, My Peace of Mind〉在我腦海響起。該是洗澡再調查忒坎帶來那張

ＣＤ的時候了。

我要走出浴室時，胡笙抓著一頭亂髮走進浴室。

「早安，寶貝，」他用沙啞的晨間聲音說。

他對於當男友這件事太入迷了。

「別出來。我馬上來陪你，」他開始小便說。

「我洗好了，」我擦乾身體說，「況且，我們有很多事要做。」

我丟下他和他的晨間激情。我們討論並釐清目前情況，迅速敲定今天的待辦事項。

在合氣道師父瑟梅特．奇里斯的家裡發現、據稱是我的電腦燒錄的ＣＤ，只是普通的音樂合輯。我仔細檢查過看有沒有隱藏檔案或其他加密資料。不，什麼也沒有。廿四條音軌都錄滿。播放時間是七十八分十三秒。不可能是我燒的：收錄的音樂完全不是我聽的類型。一堆弦樂器演奏的背景與憂鬱哀傷的主旋律。我逐一聽過。或許音軌之間會有東西。

聆聽時，我在走道鏡子檢查我的臉。我的臉似乎因爲太疲勞、壓力與睡眠不足老了整整三歲。我立刻敷上深海海藻做的護膚面膜。一小罐不便宜但是很值得。

胡笙在家走來走去喃喃自語。準備早餐時他打電話給每個認識的人，從他老爸開始，通知他們計程車被縱火的事。電話一直佔線中。

我仍然穿浴袍坐著，頭上裹著毛巾，臉上綠色面膜開始乾掉，這時門鈴響了。

「你去開門好嗎？」我叫胡笙。

一秒後他就站在我面前。

「有人找你，」他說。

有人上門當然是找我，這是我家啊。

「是誰？」我問。

「我不知道，我沒問。」

我解開浴袍腰帶，重新綁緊，走到客廳。

胡笙沒讓訪客進來而是把他晾在門外。

「喂，」我以綠皮膚外星人的狀態說，「我是柏薩克．薇拉。」

面前站著一個戽斗、大鼻、留稀薄鬍子的男人。

「老闆派我來的，」他說，「卡贊希先生。」

這個名字足以證明。

黑手黨竟然派個活像露天市集小販的人來保護我家可眞奇怪。我以爲會派比較帥，強壯，有肩膀，高大，沒鬍子，還有最重要的，比較年輕的人；像電視劇《看守員》的救生員那種人。

我的「守護者」年約五十，外型文弱又矮。他的頭髮往後梳。額頭很寬，兩頰凹陷。他的手很大。對我來說，各方面都令人失望。

「我是伊瑪茲，」他抓著外套前面說，「伊瑪茲．卡拉塔斯。」

「OK，」我說，把浴袍腰帶綁更緊。

「我奉命看守你的公寓。」

「對。」

我盯著他。

「我是退休警察，」他說，彷彿察覺我的失望。「情報局的。」

這至少是個好消息。

「你要我在哪裡等？」

「什麼意思？」我說。

我沒打算選擇他坐著等待的地方。

「我可以站在公寓大樓外或坐在我對街的車裡，」他說，解釋了他的意思。「是九八年的灰色豐田。」

他指著地上腳邊的袋子，好像是迷你手提箱，「我有備而來，」他說，「帶了攜帶式凳子，我的音樂，還有字謎遊戲。」

他露出安撫的微笑。他的大牙在牙縫處發黑。右邊五分之四的牙都沒了。在他微笑時看得出來。

「先生，不用擔心，」他說，「連一隻蒼蠅也逃不過我的監視。反正這條街人車不多。我會仔細盯著街上路過的人。但我們要如何跟大樓住戶解釋？」

「我不知道，」我說，「可以怎麼說？」

「總會想出來的，」他點頭說，「如果你需要什麼，我就在樓下。我不會再打擾你。我看得出來你正在護膚。」

我為臉上的面膜道歉。我沒理由只因為他外型令我失望就對他不禮貌。

走到樓梯口時，他轉身問我一個問題。

「抱歉，如果我得上廁所可以打擾你吧？或者你希望我用管理員的？」

這我倒沒想過，他當然可以用我的。

「吃的方面，請上來一起吃吧，」我說，「茶快泡好了。」

「請不用麻煩，」他又指指袋子說，「我帶了保溫杯和三明治。」

「起初我沒當他一回事，但其實他似乎挺厲害，謙虛但很機靈，」我對胡笙說。

「我哪知道。」

我也不知道。我也不是一直過著有隨身保鑣、被人監視的生活。

「我們得去司機工會，」他說，「我不知道該怎麼做，但一定有個計程車被縱火的程序，在別輛車使用牌照的方式。」

我告訴胡笙我另外有事。

「如果我們早點結束，我們可以去看車。我跟同事們說過，如果他們發現適合的會通知我。」

我似乎該談到我們之間的微妙話題了。我有傷害他的風險，但是非做不可。

「你知道嗎——」我開口。

但我被隔壁房間突然的交談聲打斷。

我們同時發現的。

我們互看，想弄清楚怎麼回事。

我站起來走進書房。我完全忘了還在低聲播放的CD。現在它發出了呻吟聲，還有夾雜著驚呼和喊叫的對話。其中一人是我的前男友，歌劇和音歌手艾庫特。另一個發出銷魂叫聲的一定是我。我從頭到腳都羞紅了。我跟艾庫特做愛被盜錄了。我們正在聽。我血液凍結。我知道我震驚得張開嘴。

有人錄了我臥室裡的聲音！我的臥室！

我衝過去按停止鍵。

我不知該作何感想。

「那是誰？」

起初我沒聽懂他的意思。

「跟你做愛的人是誰？」胡笙重複。

我寧可他沒聽見。但我們發出的聲音很難忽視。我們幾乎是大喊大叫。

「老朋友，」我說，「好幾個月前了。」

這是眞的。我好幾個月沒見到他。他夢想當流行歌星。他在做專輯，還沒發行。

「從你們發出的聲音看來，他一定很厲害，」胡笙不悅地說。

這也是眞的。艾庫特是隻種馬，無人能擋。胡笙似乎在嫉妒。

「你吃醋了……」我詫異地說。

他低著頭，用光腳拉直地毯邊緣的流蘇。他的腳也很修長光滑，就像他的手。

「所以呢？」他說，「只有愚笨醜陋的人沒有情人嫉妒。你不醜也不笨。」

他抬起頭看著我。臉上露出開朗希望的表情。

「但是我不愛你，」我說，就這樣。

我無法知道這段對話他已經在腦中設想過幾種不同版本，但他似乎有準備聽到這個答覆。

「如果你想要就會習慣我，」他說，「我是好人。我會努力讓你幸福。OK，我或許在床上沒有他厲害，但告訴我你想要什麼，我會做到。我什麼都願意。」

男人的自尊很少允許說出這種話。但是胡笙願意掏心掏肺，毫無保留。

他的善意令人心痛。

「那不是重點，」我努力微笑說。

我感覺到我在愁眉苦臉而非微笑。

「那又是什麼？」他說，「我對你不夠有文化、禮節、聰明或體面，是嗎？因爲我是計程車司機你以我爲恥。對吧？我昨天看到你很勉強介紹我給別人認識。你不知道該說什麼。」

他說得對。我眞的不知道如何描述或介紹他。

「你何不說我是你的情人？或你的男友？我不會覺得羞恥。」

對，才怪，說得好像我們去見你媽的時候你沒叫我要穿什麼。下次在她面前別覺得羞恥，我想要說。

「你的家人怎麼辦？」我簡短地說。

「喔……你是說我們去見我媽的時候……」

「對，我正是這個意思……」

他抓抓鼻子。

「我不知道，」他說，「我還沒這樣想過。但你或許說得對。他們也必須知道。他們起先或許無法理解，但他們可能會習慣。無論要花多久……」

如果他沒這麼體諒，這段對話會輕鬆得多。他倚在我的桌上。我沒動。他的注視困住了我。

「我配不上你，」我嚥口水說，「但我希望你知道你說的一切讓我非常驕傲。眞的。謝謝。」

這是我最專業的說法了。

「你不想要交往，」他回到剛才的話題說，彷彿我什麼也沒講。

他看著我的眼睛等待，準備從任一個眨眼、一個抽搐解讀意義。

他嚥口水時喉結上下移動。他挺直身子。

我們只是等著。等有事發生，等有人來，前來介入。我們需要一個救星，除了我們以外的人。

時間總是在這種時候凍結。

必須有人做點什麼。

「我不能跟你去，」我低聲說，「去工會……」

「我了解，」他說。

他的聲音格外低沉沙啞。

他轉身走出了房間。

胡笙找了計程車行的朋友一起辦理車輛報廢手續。他認爲他車子被燒後已經脫離那個瘋子的目標名單。他暫時忘掉對兇手的恐懼，恢復務實的日常生活。

「我辦完事之後可以回來嗎？」他說。

我能說什麼？我只點點頭。

他離去前吻了我臉頰一下。

現在我要坐下來，從頭到尾聽這片有色情錄音的CD。我聽過第一首，我已經認得，所以我跳過。下一首我也認得。這是Emerson、Lake與Palmer合唱團，我有時候也會聽。背景有些我無法分辨的噪音一直浮現又消失。像這樣聽很難聽懂。我戴上耳機。對，背景眞的有其他雜音。下一首，下下一首也是。然後在第五首，雜音變得大聲清楚了一點。是韓德爾的水上音樂。我聽見自己講電話的聲音。讓我背脊發抖。我在勸告某個小姐。下一首。又是韓德爾。這次是《阿爾辛娜》歌劇，有明顯的水聲。浴室！我的浴室！我在跟著詠嘆調唱歌。

我家被竊聽了！那個瘋子已經竊聽我家並且錄音好幾個月了。我的臥室，我的客廳，我的浴室……無所不在。我慌忙到處尋找，彷彿我一轉身能立刻看見竊聽裝置。我想找出來，把它拆爛再扔掉。我確信我也被監視了。

我背後一陣冰冷。汗毛直豎。

我在家裡說過的一切都被竊聽了。

我想起錄音在法庭上不算是有效證據，當我想起在家裡談過的成千上萬非法事情更是鬆了一口氣，例如最近的賽米爾・卡贊希這件事。

我在家裡已經無法再說一個字。我也不敢再打電話。

我聽完了整張CD。太惡劣了。裡面什麼都有。他做了取樣，這邊一點那邊一點，然後燒成這張CD。一切隱私都發生在我家。

我得找出竊聽器。但是在哪裡？是什麼樣子？科技越進步，竊聽器就越小。最新光電科技的產品好像郵票大小的錫箔。沒有電線，沒有電池。只要偶爾吸收一點日光，它們就能正常運作好幾年。

他何時竊聽我的？我跟艾庫特分手已經好幾個月。所以昨天扮成電話技工的花招，或類似的做法，先前至少發生過一次。據我所知，莎蒂如果沒人問她就不會主動說任何事。他們一定是昨天來的。或者替換已經失效的竊聽器。為何我成為目標？他想要什麼？

他駭入我的網站，我的電腦。他知道我去哪裡，見了誰。他在我家既監視又竊聽。我碰上的是哪種害蟲，哪種瘋子？

我再次渴望地想起逃脫計畫，丟下一切跑掉。但我忘了展延該死的護照。

我第一次突然憂鬱發作時沒想到這點，但我可以打給賽錫克在當天展延我的護照。我只要收拾行李就好了。

這樣我就能逃離胡笙與他無助的單戀。還有那個瘋子。好像一場漫長、永不結束的度假。我可以消失在沒人認識我、沒人期待我任何事的地方。

夢想這麼激烈的逃脫之後，構思其他合理的對策就容易點了。我可以搬到飯店或暫時跟別人住。澎澎的家一向是最適合我的庇護所。但是，唉，那個瘋子也知道她家，會把澎澎捲入危險。

雖然他會抱怨，我可以借住阿里家一陣子。但會在社區與鄰居眼中打擊他的男性氣概，這跟死刑沒兩樣。

我可以搬去甘提爾．歌努兒家，我確定那瘋子絕對想不到。話說回來，我常跟歌努兒通電話。如果錄到了我們的對話他就找得到我，結果我會把歌努兒拖下水。

他把我變成了一株毒草，靠近我的人都有危險。

飯店是最明智的選項。

莎蒂抵達時我盡量裝作若無其事，彷彿什麼也沒發生。畢竟，我被監視了。我用一個小袋子打包，沒多作解釋，只帶必需品。我可以晚點再買新衣服、內衣、化妝品和牙刷。

離家之前，我告訴在公寓大樓門口紮營、正忙著填字謎的伊瑪茲關於單車女子的事，請他多留意。我把萬事通梅蕾克提供的所有細節給了他。我還留了張字條請他在胡笙回來時轉交胡笙。

伊瑪茲什麼也沒問，也沒用懷疑的眼神看我。他像個早已解開人生謎團的那種人。

23

下一站，塔克辛的藍天飯店。我認識經理，他會給我打很大折扣。
我走上去我的房間，打完不能讓瘋子聽見的必要電話之後，我直接去網咖。我有很多事要做。
爲了預防我的網路用戶ＩＤ被追蹤，我開了一個新的e-mail帳號。
我發了封緊急求援給各行各業正邪駭客聚集的網路游擊隊集團。「有人在存取我的電腦，我該怎麼辦？」我問。今天結束前大量建議會湧入。
接著我發了獨立的私訊給聖戰2000。當然，我利用機會告訴他他多麼令我失望。我長篇大論說明了情況比他想像的嚴重多了，我眞的需要幫助，如果我們還是朋友，現在就是他證明的時候了，還有我希望他具體做些什麼。我確信他即使睡覺也會在電腦旁邊。
果然，我還在看其他網站時，聖戰2000的簡短回覆來了：「ＯＫ。」這件事解決了。
看完之後，我去瑪瑪拉飯店的餐廳。我點了份豪華沙拉和礦泉水。考慮我這兩天吃過的食物，我最好開始忌口。
我準備好打開從昨晚就關掉的手機。我準備好再度聽到那瘋子的聲音。
我喝著礦泉水等沙拉時，有一連串簡訊，他的簡訊，傳到了我收信匣。他很生氣。一則比一則更憤怒。

沙拉送上桌時，我的手機響了。又是另一個預付卡號碼。

「喜歡我的錄音嗎？」他用沙啞的聲音問。

當然，如果他在監聽我家，他就知道我聽過CD了。

「有趣，」我說。

「你太酷了，你無所謂，是嗎？有趣？哈！應該說很有本事！絕對完美！」

「你眞是差勁的人渣，」我低聲說。割破我的胸罩眞是太卑劣了。」

「你又不需要，你是男人。」

「我可以決定我要穿什麼，」我說，「放火燒車也沒必要。胡笙並沒有對你做什麼。」

「你爲他辯護只是因爲他搞過你兩次。眞的值得嗎？他那樣子搞你，給了你內心的平靜，是嗎？」

喔，現在我們要講粗話了。我準備奉陪。

「我相信你的雞雞很小。我敢打賭你連勃起都沒辦法。」

性器官又小又無能的指控足以在任何男人的心裡捅一刀。身爲男人，至少我懂這一點。

一陣我預料中的沉默。

「你錯了，」他說。

「你的沉默顯示我沒錯。或許你得檢查一下。雞雞還在嗎？」

「今晚，」他用徹底抓狂的瘋子語氣說，「胡笙就會死！」

他激動起來；我可以關手機了。

吃完沙拉後我走上樓到大廳。側面牆上有電話。我撥了聖戰2000的號碼。

「怎麼樣？」他一接聽我就問。

「喔，」他說，「我查得到他打出來的基地台，在你的社區裡面。」

「這還用說！我已經知道了，唉唷。那個人在監視我家。當然是從同一個社區打的。」

「我又不是ＣＩＡ或以色列軍情局。別高估我。我只有業餘的家用系統。我頂多只能做到這樣。我無法給你精確的位置。」

他口氣明顯很委屈。

「抱歉，」我說，「我不是那個意思。謝謝。對了，你還好吧？」

「跟你比起來，我還好。我挑戰你們嗤之以鼻的工作。幸好我沒有碰上像你那個瘋子。」

說完，他讓我想起先前有個跟蹤狂，那又是另一件不愉快的事。當初聖戰2000和我因爲類似的恐嚇訊息才認識，只不過那次是聖戰2000自己寫的。

「這就別提了，」我提醒他時他說，「那是因爲壓抑產生的侵略性。多虧你，我克服了。」

他眞好心把功勞推給我。

「我待會兒要見帕米爾，」他說，「去她家……第一次。反正跟你是沒指望了……」

我祝他玩得愉快。我不能指望別人因爲我被捲入了恐怖漩渦就過著禁慾生活。

但我必須擬定緊急計畫。

24

胡笙抵達時，我正躺在飯店房間的床上看書。我試過看電視放鬆精神，但是找不到感興趣的節目，我出去買了個預付卡和一本書。如同書本的簡介保證，看得讀者喘不過氣。不知不覺間，我已經看完了三分之一。這正是我需要的。

「我不懂是怎麼回事，」他說，「但是伊瑪茲把你的字條交給我，我盡快趕來了。我們幹嘛要住飯店？」他又坐到床沿說。

我放下書本往側面翻身。手肘撐在床上，架著我的頭。我露出奧黛莉的可愛微笑。

「你先說，」我說，「今天順利嗎？事情都辦妥了沒有？」

他先脫鞋，再脫襪，然後在床上伸展雙腿。

「好累，」他長嘆一聲說，「我不習慣到處跑⋯我向來坐在駕駛座上⋯⋯」

他說他辦好了很多事，甚至找到了中意的車子。

如果他能籌到錢，四五天後就可以上路，讓他回去工作。

「你需要多少錢？」

他躺在我身邊，望著天花板，扭動疲倦的腳趾。

「我不能向你要錢，」他說，「我不能。」

我大笑。他自尊心很強。

「我沒說我要送你。我只是問你需要多少。」

「很多，」他說，眼睛仍盯著天花板。「我是說，對我而言。」

當然我得借他錢。他的遭遇全是我害的。但我必須想辦法克服他的男性自尊造成的緊張。

「我會借你，」我說，「你可以慢慢還。你知道我有錢。」

「我看得出來，因爲我們住在飯店裡，」他笑說。

「我是認眞的，」我說，想說服他。

他的目光從天花板轉向我。

我看得出他在衡量我們的關係。如果他欠我錢就會成爲人際關係中的弱者。我知道他不想這樣。雖然他自認在某些層面矮我一截，欠我錢可能更進一步危害這個關係。另一方面，他需要錢。如果他從當鋪或銀行借錢，就必須加利息償還。

「我自己處理比較好，」他冷靜地說，「看起來似乎可以。如果行不通，我會告訴你。」

「我可以給你錢，好過去跟銀行貸款。」

「再說吧，」他說，「如果我借不到……」

我沒提起那瘋子打算今晚殺他。他知道了又能怎樣？

我們並肩躺著，夾著一股禮貌的緊張。他沒力氣做愛，我也沒心情。如果安德莉普・圖翰的通靈眼看見我們這樣，她大概會說，你們之間的張力很明顯。而風水大師維爾丹・卡拉薩會試圖用各種不同的水晶予以化解。

「走吧，我們去看看小姐們，再去做靈氣淨化，」我說，「在九點之前我們沒別的事可做。」

「我們九點鐘要幹嘛？」

「我不知道，」我回答，「帕米爾打來說她有個驚喜給我們。她和聖戰2000一定發現了什麼。我們約好在我家碰面。」

25

將近九點時，胡笙的靈氣淨化完畢，我們也填飽了肚子。煥發著強大的能量，我們準備好接受帕米爾的驚喜。

我們攔下一輛路過的計程車，令胡笙懊惱萬分。

接近我家時我已經開始察覺有怪事發生。人行道旁排班的計程車太多了，也太嘈雜了，在我們的窄街上很不尋常。

我們店的小姐聚集在我公寓大樓門口。因爲街道狹窄，她們看起來人數比實際的多，擠得幾乎無法對向會車。

守護者伊瑪茲·卡拉塔斯站在大樓的玻璃門後，雙手叉腰，表情擔憂地觀察小姐們，想要弄清楚是怎麼回事。

出了什麼事？小姐們決定團結起來保護我嗎？

他們發現我抵達之後，人群一陣騷動。

我下了計程車向她們打招呼。我感覺像國王朝人民招手，或者女王向臣民致意。

全體小姐與來自店裡的客人都在等待。哈山和帕米爾並肩站在大樓門外。哈山跑來幹什麼？這兩個人怎麼會湊在一起？帕米爾似乎忙著在聖戰2000的懷中扮演ＳＭ女王而且玩過頭了。因渴望而騷動中的人群正是受到帕米爾極度強悍與哈山八卦網絡延攬的產物。無論他們想幹什麼，肯定是個震撼的驚喜。

帕米爾一看到我就迎上前來，像個高貴的將軍在等待指令。人群中一陣耳語。

「怎麼樣，大姊？」帕米爾面露驕傲的表情親吻我說。

「什麼怎麼樣，唉唷？」我問，沒必要隱瞞我的疑惑。

「你等一下，」她說，向我俏皮地眨個眼。

她舉手示意大家安靜。「稍後，我會作個聲明解釋一切，」她說，「但是拜託，給我一點時間。」

回應夾雜著不滿的咕噥與好奇的耳語。

「先生，這些……這些……是誰啊？」站在公寓大門後的伊瑪茲說，驚訝地瞪大眼睛。

我轉身再看看人群。他不知道怎麼稱呼她們是對的。小姐們個個花枝招展到了極點；她們看起來又高又壯，宛如準備戰鬥的亞馬遜女戰士。服飾、化妝與假髮的多樣化眞是難以形容。

「變裝者，」我說，「我的朋友。」

從他臉上表情看得出來他對這群小姐們不以爲然，也不喜歡這場聚會。「天啊，他們人好多，」他勉強微笑說。又看到了他的缺牙。

帕米爾把我推進大樓裡。哈山跟進，我們差點把伊瑪茲．卡拉塔斯撞倒。他退後時，偷看手裡的紙條，一口氣敘述了今天發生過的所有事，誰進出了大樓，路過的每個人。當我聽見「單車」這個字時我的眼睛一亮。

「我們會幫你抓到那個瘋子，大姊，」帕米爾開口，她興奮得眼神發亮一面說明。「我們知道他在這裡。那個混蛋躲在這兩條街上某處。」

如果你問她，這確實是個妙計。只是我依舊擔心她的組織能力。

「我把消息告訴了全體小姐和所有認識胡笙的計程車司機。他們正在趕來的路上……」

妳瘋了嗎？我想問她，但一個字也說不出來。我驚訝地瞪大眼睛；我只能聽著。哈山聽她說的話跟著點頭，顯然拼命想搞清楚怎麼回事的伊瑪茲．卡拉塔斯一直發問卻沒人理他。

「就像八〇年代！我們必須採取行動！」她勇敢地大喊。

對，「採取行動」是個常用詞彙。在過去，「採取行動」意思是一群小姐會聚集起來大肆喧鬧、引發騷動，替某個受委屈的小姐報仇。可能是闖入住宅，把毛巾沖下馬桶，搗亂物品，打破窗戶，摧毀家中所有脆弱物品，撕破枕頭、床墊、椅子，一件完整的電子用品也不留，把衣服割成千百片，換句話說，盡力施加最大限度的破壞。受害者是對不起、陷害或虧待某小姐的人。還有些人如果感覺被冤枉了會衝進警察局。有一次，連某個小姐同居了四年的男友都因爲拒絕負擔她的整型費用遭到「採取行動」修理一番。

「記住，」帕米爾說，「我們在反抗時攻打過多少社區！沒有比現在更好的時機了。上吧，採取行動！」

她說得對，不過時空背景已不相同。當年我們對抗存心挑釁的人。每當有幾個心胸狹窄的鄰居到處收集連署，想說服別人加入所謂的「驅逐變裝者」活動時，小姐們便會出擊，打破門窗闖入，搗毀住宅。由於小姐們經常收到有力線報，賣東西給她們能哄抬價錢，地方商家都很能接受她們當鄰居，所以不會參加。至於真的敢反對她們的老闆，小姐們會進攻他們的店面搞得一團糟。

畢竟如果驅逐活動成功，變裝者會被趕上火車放逐。彷彿在他們被送去的城市埃斯基謝希爾真的有人相信，他們會因此神奇地採取中產階級與異性戀的生活方式。或許有人眞的相信結果如此，但他們的希望很快就破滅：小姐們立刻跳上下一班車回到伊斯坦堡。「採取行動」活動幫助阻止了這些變調的攻擊與驅逐。此刻，雖然與我的常識倫理不符，但仍有一絲昔日變裝者的勇氣與魯莽在低語，如果……

得知我被如此地愛戴與保護，看見大家願意爲我奔走，我心中充滿驕傲。沒有什麼能打敗自尊。它能癒療你。我掃視人群時感到一股暖流傳遍全身，撫慰了我內心的不安。我從眼角瞥見計程車司機們紛紛停車加入人群。場面簡直失控了。帕米爾的完美計畫生效了。

九點整我們在門口站好位置。

帕米爾發出尖銳的口哨聲。耳語停止，所有腦袋轉過來面對我們。我大略算了一下：有四十幾個人。

雖然無法清楚看見，但我相當確定公寓大樓的住戶也從窗口探頭出來看——尤其退休的愛貓人胡梅拉，她住在一樓，還有我愛管閒事的樓下鄰居遜咖費迪——以免錯過好戲。我清楚地看見對街整棟樓的住戶都守在窗口了。

今晚，幾十名變裝者與當地計程車司機在我們這條小街聚集，鄰居們可能因此無法放輕鬆。但他們出於好奇而旁觀。某種風氣已吹到他們家門口，他們不想錯過任何細節。他們心裡已經在揣摩將要如何向錯過的人描述整個事件，加油添醋地扭曲成非比尋常的大事！

「首先，我要謝謝大家在此響應，沒有讓我失望，」帕米爾如雷的聲音說，「某些人或許已經知道，柏薩克有危險。有個瘋子在監視她，威脅她，闖入她家，監視她又竊聽她。還不只這樣。不管他想幹什麼，他把怒氣發洩到她身邊的人，包括胡笙、哈山、你們所有人，認識她和她有關的人。我們受到了威脅。你們全都受到了威脅！此人是個兇手！他殺過人！毒死了一個……槍殺另外一個！他還縱火燒胡笙的車……不斷向店裡發送威脅……」

帕米爾越講越激動，好像在公眾集會發表演說的政客。她期待計程車司機們團結一致支持胡笙，小姐們也支持我。這很重要。她訴求大家的良心，大家的理智，還有大家的恐懼。

她把我告訴聖戰2000，他再轉述給她的內容稍微潤飾過。

「這傢伙不是一個人。他有一男一女的共犯。那個女的騎腳踏車……」

「不如你向我們說清楚吧？」她轉向我說，「你比我了解。」

這時她把我推上舞台中央。我上前，不太情願但是她們的支持讓我壯起膽子。我向她們分享了梅蕾克的描述，用我的話語在她們眼前重新塑造不明的共犯結構。所有人好奇地看著我同時點頭稱是。

「他們有先進科技裝置，」我補充。

當然，她們大多數人不會懂我的意思，所以我詳細解釋竊聽與錄音裝置長怎樣，他們動用什麼設備來監視我。

人群越聚越多，新來的向其他人探聽怎麼回事。

「在這裡！」帕米爾抓住我暫停的機會說，「在這個社區裡！這條街上……此刻他可能正在看著我們……」

眾人立刻轉頭，目光掃視周圍。有些鄰居開始顯得焦慮。

「大家開始擔心了，」我向帕米爾耳語。

「唉唷，很好！」她說，「瘋子就在他們之中。他們應該停止窩藏他！他們應該愧疚他還沒有被揪出來！」

她說得對，我確定：瘋子就在他們之中。他們需要時間消化帕米爾所說的。我迅速掃視他們的臉孔。大家發出不安的聲音，我舉起雙手示意安靜。

「我請求大家——」

我想，沒人輕舉妄動是再好不過，但帕米爾另有打算。

她抓著我的手臂，把我往後推，再度上前。

「聽著！」她說，「我們要做的事很簡單……」

接著她解釋我們要搜索社區，挨家挨戶敲門。兩三個人一組，從我住的大樓開始。然後我們會擴大範圍。她覆誦我們要找的：藍色腳踏車，火焰貼紙和雷射標籤的安全帽，紅或紫色的Converse運動鞋，可能連接在普通電腦上的多頻道接收器，可能還包括混音器與編輯器。

「我知道這些物品不好找，但如果我們在同一個地方找到，或許就找到那個瘋子。」

她拿出聖戰2000繪製的手機基地台地圖，上面明顯標出了我們該搜索的區域。科技員是神奇的東西。聖戰2000發現了那個基地台在哪條街有效，還有每座基地台切換的公寓大樓號碼。

有人敲我背後的窗子。我回頭看。是胡梅拉，示意我過去。

「什麼事？」我壓低音量說。

「親愛的，前幾天他們在街上偷了我的包包。小偷。來自我們的社區。光天化日之下。我的黑色皮包。有銅環提把。如果你們要徹底搜索，可不可以順便幫我留意一下？或許你們會看到。我不在乎錢，但是我孫子的照片和結婚證書在裡面……」

我不知道該說什麼。

前排聽見的人已經開始竊笑。

「OK，」站在我身邊的胡笙說，「我們會留意，女士。」

「黑色的，」老太太重覆說，「有銅環…」她又用雙手比畫出包包的大小。

「好的，女士，我們懂了，」胡笙說。

「謝謝你，孩子，」她說，關上了窗戶。

我們的人準備好行動了。

「等一下，」哈山叫道，「先別開始……」

既然有了現成的聽眾，哈山想多說幾件事也很正常。他從不錯過作秀的機會。當然，群眾已準備好採取行動，但不是所有住戶都願意開門讓他們搜索自己的家。所以一定有些門敲不開。

「我們發給你們這些地圖，」他在空中揮舞影印稿說，「讓你們標註哪些公寓已經搜過，哪些沒開門，哪些不肯讓你們進去！以街為單位……」

顯然他們作了很多準備。

「如果他們不讓我們進去，一定有鬼，」顯然準備大鬧的某個聲音說。

「那我們就強行進入！」另一人說。

「不不不不……朋友們，」我說，覺得有必要插話。「我們不使用武力……只要解釋情況客氣地請求。就這樣。如果他們不讓你們進去，就算了。」

「但是要標出來，」哈山說，「以便區分他們是誰。」

「如果我們叫他們對古蘭經發誓他們沒有窩藏嫌犯如何？」

這一定是某個小姐問的。語氣和天眞程度很明顯。這年頭很多人不把這種發誓當一回事了。她憑什麼以為這裡的人會當眞？

「唉唷，沒用的啦！」帕米爾努力憋笑說。

之前，我們有想要我們幫忙找回失竊包包的胡梅拉，這回兒又有滿足於「對天發誓」的小姐……要抓到那瘋子可不容易，但如果我們鐵面無私地去執行到底，或許會成功。

「還有人有疑問嗎？」

小姐們和部分司機顯然準備好引發騷動了。

「拜託，現在，我們先進行編組，」哈山用軍事指揮官的權威說，「兩到三人……然後每一組負責一條街，大家開始搜索自己的區域吧！」

我們準備好展開狗急跳牆的任務了。

行動信號已經下達。

26

哈山剛說完，頂上閃著紅藍色警示燈的兩輛警車和一輛廂型車駛來。它們封鎖了街道的兩端。

我們的小街道變成了馬戲團。

「好啦，各位，快走，現場淨空，」他們開口，透過車上的擴音器傳出來。「快點，立刻離開！」

他們一定很樂意向我們進攻。

小姐們不怕警察；相反地，她們能夠對抗警方，甚至公開反抗他們。但是計程車司機不同。司機們立刻退縮。

有人報了警。

可能是社區住戶擔心窗外發生的事情，甚至可能是那瘋子親自報警。

顯然警方不想錯過這機會。他們一向把變裝者視爲麻煩（然而每當他們在偏僻角落逮到我們落單時卻很急著要脅免費打一砲），現在這一批變裝者集體落入了他們手中；他們準備要動粗，我們也準備好反擊。

我想起我欣賞的記者哈坎・古爾賽文曾經寫道：「無疑巨輪會持續如此轉動，直到安全部隊了解他們的責任是拯救人民，不是打壓人民。」

我是這一切的源由。因爲是他們發起就歸咎於帕米爾或哈山並不公平。

我走上前。

我會接受身爲群眾領袖的所有責任，只要其他人不被拘捕。他們非常禮貌、城府極深地邀請我到警察局。

雖然帕米爾想要插手——「休想，大姊，妳不能單獨去！」——但我不接受。

「妳別管，」我說，「這跟妳無關。」

這群烏合之眾擠滿這條小街是她搞出來的，沒錯，但是我默許它發生。我原本可以阻止的，但我沒有。所以我該負責。

胡笙不想丟下我一個人，哈山也不想錯過這場冒險的任何一刻，兩人決定跟我去。有個我認得臉但不知道名字的司機英勇地上前支持胡笙。

帕米爾幾乎引發一場暴動阻止警察把我帶走，我必須讓小姐們冷靜下來。

「謝謝你們，」我說，「但是沒必要。你們都有事要做，有家人要顧……我們會處理。」

我們到警局後受到的待遇非常文明——無論是我們，或是那些警察紳士們。他們給我們茶。我們坐在局長辦公室裡，面對局長。他看著我不時發出喃喃自語；我不確定該怎麼辦，只是看著他用我的手指在他桌上彈奏無聲的鋼琴奏鳴曲。

我們等待，但不知在等什麼。

大約一小時後，我的警察朋友賽錫克·塔揚來了。有人通知他發生了什麼事。警局人員立正迎接他。局長把他的辦公室讓給我們以便私下談話。

賽錫克等到門關上。

「你瘋了嗎？」

他生氣了，很生氣。我了解這種情況下的他……還有如何處理他這種心情。畢竟，我們的童年都生活在一起。

「你在社區製造恐慌。爲了找那個瘋狂兇手展開獵人頭。你幾乎是鼓勵公然暴動！」

他誇大了，但我會等他冷靜下來再說話。

「我眞不敢相信！我一直以爲你是絕對聰明理性的人……看看你幹的好事！典型的變裝者行爲！我不知道你們這些瘋狂念頭是哪來的。如果我不認識你……」

他生氣時企圖自我辯解是沒用的。他大吼大叫。

「你究竟是怎麼搞的？讓整個社區緊張兮兮……在大街上召集一群變裝者！還有計程車司機加入……你憑什麼策畫這種搜索？如果找到他你想幹什麼？動私刑？打死他？你無法阻止他們……根本是暴動殺人！難怪有鄰居報警。」

他終於坐下來。不是在局長桌上，而是我對面的椅子。他掏出一包萬寶路香菸丟在我們之間的咖啡桌上（這桌子眞的需要重塗亮光漆）。

「我戒菸了，你知道的，但是因爲你我破戒了！來的路上我抽了兩根。」

「很抱歉，」我說。

呃，如果他又開始抽菸是我的錯，那我還能說什麼？

「但是拜託，別把我當小孩子罵。」

「但是你做的事太幼稚了。你無法否認。」

他伸手從菸盒抽出一根，夾在嘴唇間用手上拿的紅色塑膠打火機點燃。他深吸一口，讓煙霧在肺中停留片刻，再吐出來。從他的行為我看到了通常是戒菸後破戒的尼古丁成癮者的表現。他無比愉悅地吸入煙霧，謹慎地把菸拿在手上以免浪費任何一口——像個情人滿足對已經分離許久的愛人的渴望。

「聽著，柏薩克，」他說，手指夾著菸往我伸出手。「你做的事……是錯的。」

「我知道，」我冷靜地說，「但我們能想出來最好的主意就這樣。我們甚至區隔化了。如果你們的人沒出現我們有可能找到他。」

我說的話他相信幾分或不相信都沒差。無論如何我必須築起防禦。我做了，讓它發生，而且我無意找藉口。他知道我有多固執。

「拜託別再說了！我剛才不是說了？……只有警方有權進行搜索……由不得你。如果你們把他困在某個區域，接下來讓我們處理……」

賽錫克也老了。他的身材還可以，但我發現他太陽穴有些白髮。他的臉孔輪廓也跟以前不同了。

「如果你以為你這麼說可以愚弄我，呃，你錯了，」我說，「警察需要數不清的文件才能拿到搜索狀。有一大堆程序。我全看過了，我很清楚。」

我真的逐行閱讀過法條。這樣我才能保護夜店不讓新來又不認識我的警察上門，宣稱他們要搜索店內，其實是想勒索保護費。我知道他們不能隨心所欲闖進來，他們也休想搜索我們。

我說得對，賽錫克也知道。他沒回答我，呼出一團煙霧。

「如果你眞的這麼清楚我們的權限，就不要每次闖禍都打給我！我剛丟下晚餐桌上的家人跑來。」

「我眞心道歉，」我說。

他的酒窩線條變深了。那些小洞曾經在他微笑時很迷人，現在只像凹陷的傷疤。他眞的老了。

「我這麼說不是要你道歉，」他說，降低音量微笑緩和剛才痛罵我的氣氛。「如果我不想來就不會來。但是我來了。不是嗎？交給我處理，我只要求這樣。」

我一定也老了。賽錫克比我大兩歲。兩年有差這麼多嗎？我的臉頰也開始鬆弛了嗎？

「有危險的人是我，」我說，「我分分秒秒都被威脅，我家被裝了竊聽器，有人侵入了我的電腦爲所欲爲。他到處寄信指名給我收。其他人也有危險。瑟梅特·奇里斯被謀殺了。胡笙的車被縱火。需要我說下去嗎？」

他緊閉嘴巴聽我說，抬起眉毛。我發現他把玩著日漸稀薄的頭髮，不過他還沒有完全禿掉。他小心地把頭髮往後梳，一如慣例。

他憤怒的眼神緩和下來了。我實在說不下去。

引發這整件事的是聖戰2000。他一再用自己的預付卡門號打給那個瘋子，偶爾也用我的號碼撥打，等著他接聽。當然他沒接，但是改打我的號碼作出新的威脅，被聖戰2000轉接到他自己的電腦上。這就足以判斷他從哪個基地台發話。他在我的社區裡。聖戰2000跟帕米爾分享了他的發現。帕米爾打給哈山，擬定行動計畫。雖然我想要相信他們的行動是出於善意，我忍不住也對他們倆生氣。等我怒氣平靜下來，一定要嚴厲告誡他們。

如果那個瘋子還有大腦，發生這場風波之後他不會在附近逗留。

賽錫克回家途中在店門口放我們三人下車，婉拒我們請他進來喝一杯的邀請。我又欠他一筆人情了。

27

帕米爾帶領的所有小姐都在等我們，滿心好奇。當看到我們平安回來，發出歡喜的呼聲。沒錯，社區突擊行動砸鍋了，沒找到那個瘋子，他們動用私刑的慾望落空，但他們仍然說，玩得很開心。彷彿這只是某種遊戲。

神奇的計畫化爲泡影，我又上了一次警察局，還被賽錫克罵過。那個瘋子卻仍逍遙法外。我沒力氣陪小姐們一起笑，或描述那瘋子的威脅，取笑他，娛樂大家。時間對我們這一行還算早，我發現胡笙的死亡威脅仍在有效時限內。

哈山回去工作，胡笙走到吧台後面陪酒保蘇克魯，在那兒可以不受騷擾清淨一下。他們倆挺合得來。

我叫DJ奧斯曼過來。他從哈山口中得知我在生氣；收起臉上的傻笑走了過來。

「我要一個安寧的夜晚，」我說，「播些柔和悅耳的音樂。不要巴西CD……也休想插播任何會惹毛我的東西。」

我知道他的德性。既然我交代了，一開始他會放手邊那些悲哀、哭哭啼啼的歌，然後因爲顧客要求，換成電音、迷幻和嘻哈。

「想都別想，」我說，「我們不接受顧客點播，今晚不行。」

結果我的暴躁相當有效；奧斯曼一下子就懂了我的忌諱。但他仍不太確定我具體想要什麼。

「那我該放什麼？」他問。

「DJ是你，達令。我不能替你選擇。」

他猶豫擔憂地看我一眼，彷彿在說他知道我會反對他放的每一首音樂，然後天下大亂。

「女士，還是您告訴我吧……」

即使我指示他兩首歌，第三首仍然是問題。不然他會整晚跑來問我這樣是否可以，該不該放這首，沒完沒了。或者，他會隨心所欲亂放把我逼瘋。

幸好，貝琳達D和她老公奈姆上門拯救了我。他們喜歡順道來店裡。我也喜歡他們。貝琳達D最近養成習慣，從上流夜店與私人派對當完DJ回家途中進來看看。

「貝琳達，我的小羊，」我指指奧斯曼說，「請告訴這個人該播什麼。平靜安詳又不會讓我們睡著的東西。沒人比妳更清楚了。」

貝琳達照例活潑地大笑起來，讓她的巨乳上下晃動。

「別擔心，親愛的小羊排，」她捏捏我的臉頰說。

這句話中的「小羊排」肯定是我。以前從來沒人叫我小羊排。難道我胖了嗎？或許我的臉頰變腫了？

「我帶了一張很棒的專輯，」她說，「新出的……還沒發行。他們寄給我試聽。很好聽！」

她轉向站在她背後微笑的老公。

「把CD盒拿來！」

可想而知，財務顧問老公負責運送往返工作場所的CD。

她一面翻找CD一面繼續誇獎新專輯。

「他是新人……聲音很銷魂。他們稱作男中低音……人也很帥……等著瞧，他一定會大紅，每個人都會談論他……他會打垮那些可悲、平庸、膽敢自稱歌手的二流貨色！」

她終於找到了她的目標。她把無封面的CD交給奧斯曼。

「可是，放完之後一定要還我，」她警告他。

我帶他們到給貴賓的保留桌。我叫哈山幫他們點飲料。同時，奧斯曼調弱了燈光，舞池的昏暗光線減到幾乎一片漆黑，他開始放CD。熟悉的曲調。對，是〈月亮的孩子〉，原本是卡芭葉為了紀念國際婦女節唱紅的，後來出現在各種不同歌手的專輯裡，從尖叫的女高音莎拉布萊曼到聲音很催眠的西班牙古典女歌手瑪麗亞．多洛雷斯．普拉德拉，和聲音純樸的古典音樂帥哥馬利歐。這位新歌手用土耳其語演唱，聲音美妙又熟悉。

「唉唷，這是誰呀？」我問，「好美妙的聲音。聽起來很耳熟。」

貝琳達D又發出一陣笑聲。她不是大聲起來會保留或假裝尷尬的人。她的笑聲響亮又豪放。

「喔，你當然認識……艾庫特．巴圖爾！你知道的，歌劇的候補歌手！」

我認識。其實，今天早上我剛聽過我們一起被盜錄的特殊二重唱。我顫抖起來。我不知道是歌曲還是過去讓我發抖。

「蘇海爾出事後你見過他嗎?」她問道。

「我去過醫院但是太擠了,我進不去他的病房。」

「呃,我見過他,」她吹噓說,「他壯得跟牛一樣,讚美真主!但他嚇壞了!如果你問我,他還是很害怕……」

他當然會害怕。

她又大笑起來。貝琳達D是那種能散布喜悅的人。我自己也逐漸開始放鬆了。艾庫特的專輯真的很棒。

我開始聽著貝琳達D說的一連串故事大笑。她說的每句話都有五個名人的名字。她知道每個人的笑柄。而且她自己多半會笑場。她的故事沒完沒了。有個老牌歌手在一週之內,連續每小時打給她乞求幫她的新專輯背書,還有最近誰的哪個部位整形過,流行音樂界的誰跟誰勾搭上了……如果是平時的我,我會記住她說的一切,每個故事都值得日後轉述。現在,我笑一笑後就馬上忘了。

蘇克魯走過來幫我們添飲料,受到我的喜悅表情鼓舞,說等我有時間他想私下跟我談。

「馬上來,」我說。

我對員工的困擾總是很敏感。

我們走上樓,他帶頭,我跟著。

他開始說,邊說邊搓手。

「老闆，我知道最近你事情很多。」

「親愛的蘇克魯，直說吧，」我說，「我永遠有時間聽。」

我對自己聽起來多麼理性大吃一驚。難道蘇克魯在我的 Virgin Mary 裡加了抗憂鬱藥嗎？

「有個人，」他看著地上說。

根據開場白，我猜想他又迷上了某個未成年男孩。這就是蘇克魯的毛病。每當他發現年輕苗條娘娘腔的長髮男生，他會立刻迷上。他會爲了慾望而瘋狂，執迷不悟，連續幾天不斷談論他的單戀對象，拍照，送禮物……

「這次又是誰？」我問，「你在哪所高中認識他的？」

他譴責地看看我。

「這個人不一樣，」他回答，「他是大學畢業生，也有工作。他眞的很聰明。」

呃，這倒是一大轉變。對方一定至少廿幾歲了。我確信蘇克魯強調對方的智慧是爲了贏得我的贊同。

「我們在酒館認識的。」

好吧。那個年紀的人如果想要，可以自由上酒館找對象。

「不錯，」我說，等著他說下去。他堅持私下跟我談一定不只是爲了告訴我這件事。

「他欣賞你，」他說。

「呃，他眞好心，」我說，立刻放鬆下來。

他如何、爲什麼成爲我的仰慕者一點也不重要。他可能從遠處看到我走在街上。別在意理由，被人欣賞永遠對心靈有益。

「他想認識你，但他太膽小了……」

呃，這到底什麼意思？我知道大家都說我自負、傲慢、冷淡，甚至有時候無禮，但這都不是別人害怕我的理由！

「唉唷，爲什麼？」我問。

「他見過你一面但是你忘了他……」

「唉，達令，我沒空坐在這聽我見過的每個張三李四的人生故事，或花上幾小時跟他們談我喜歡的電影、喜愛的歌手，對特定歌曲之類的回憶，對吧？何況時機不巧。」

就有這種人：他們只會整天閒聊，敘述這個，分享那個……只要開始聊個十五、二十分鐘，突然就變成，喔，我們做朋友吧，甚至更糟，我們做好朋友吧。我必須對這種事有耐性。

「但是他眞的很欣賞你，」他說，在眼窩裡瞇起眼睛。「如果你跟他談過一定會喜歡他。」

如果他像棍子一樣瘦，沒肩膀，留長髮，外表像女人，我肯定會忘了他。如果要跟女人在一起，我可以。我不喜歡陰柔的男人。

「唉唷，爲什麼？」我說。

「他想認識你。」

我認識的蘇克魯不會公開談論這種事，除非他喝到爛醉。他看起來不像酒醉。

「你的男朋友，」我說，「想跟我在一起。而你……在撮合我們？」

這很奇怪。

「不是那回事，」他說，「他要的不是上床。他想認識你，跟你講話，向你介紹自己。他有事要問你，請求你。他說如果我不幫忙就要分手。我的戀情就吹了……」

什麼意思，他只想要跟我聊天？該怎麼理解這個「要求」？

「太荒謬了，唉唷。而且太可悲了！如果他愛你……你們到底是什麼關係啊？」

「重點就在這裡！他不愛我，我愛他。我願意做任何事留住他。拜託，一次就好……」

「唉，別鬧了，蘇克魯。」我有點生氣了。

「真的，請你見到他親眼看看……他是聰明有智慧的人。或許你們合得來？」

我笑了出來，純粹出於挫折感。剛才在樓下跟貝琳達D一起，我才終於能夠放鬆，這下子我又緊張起來。老實說，新仰慕者這回事真的讓我很不安。

「算了吧！」我站起來說，表示談話結束了。「你也專業一點。學著把工作和私生活分清楚！」

我剛說出的話聽起來很難讓人信服，因爲連我都不太相信。

卡車貝札在樓梯頂端找上我。

「大姊，天啊，請奧斯曼放些活潑的音樂吧。那個哭哭啼啼的歌手快讓我睡著了。我有顧客，你知道的。我必須到舞池上展現我的魔力！」

艾庫特的ＣＤ播完了，因爲奧斯曼嚇得不敢播別的東西，他又從頭開始播。我走過ＤＪ室時用揮手指示。他隨即打開聚光燈開始播比較輕快的音樂。

我在回飯店的計程車上已經開始打瞌睡，把頭放在胡笙肩上，他又提起煩人的話題吵醒了我。

「蘇克魯的新歡顯然是你的仰慕者，」他說。

「喔，拜託，別再說了，」我頭也不抬地說。我眞的沒這種力氣。

「今晚他在吧台，你一定看到他了，」他說。

我不可能注意到進門的每個人。況且，因爲我的主意，把燈光調得比平常陰暗。

「那，他好看嗎？」我隨便找話問。

「他……很普通……我想他是我們社區的人……如果你看到他一定會認得。」

我好想睡覺。

28

我們打算直接睡覺，像兄弟姊妹蜷縮成柏拉圖式的擁抱。我們都累了。

我快要睡著時，胡笙開始顯示緊張跡象，輾轉反側。

「我感覺很不舒服，」他說。

是心理因素。身心症狀因人而異。例如我壓力大時就經常會強烈頭痛。

「我灌靈氣給你，」我說，把雙手放在他胸腹之間的太陽神經叢上。我立刻感覺得到它吸走能量。我的雙手立刻開始發熱。他身體冰冷，但是在冒汗。

胡笙已經聽不見聲音；他起身衝進浴室。我聽見他拼命嘔吐的聲音。

我打開床頭燈在床上坐起來。他的狀況這麼糟糕，我不能轉身繼續睡。

「一定是我吃壞了肚子，」我在流水聲中聽見他說。

他又跑回浴室，我看見他額頭上豆大的汗珠。

我們吃同樣的食物。但我一點事也沒有。

「你喝了什麼？」我問。

「可口可樂，」他說。

他又奔回浴室裡。

我下床走到他身邊。他坐在地上，頭放在馬桶上方。他臉色蒼白，但迅速變成發青。狀況看起來一點也不正常。

「是血……」他哽咽說。

慌亂中，我湊近去看。沒錯：他真的吐血了。

我們必須去醫院。櫃檯的夜班管理員來幫我扛胡笙。我們弄髒了電梯的地毯。我們跳上計程車直奔急診室。

胡笙被下毒了。不是食物中毒；是殺蟲劑。致命的殺蟲劑。如果不及時趕到醫院，一定會死。他被洗胃，插上了點滴。

等我走到外面透氣恢復鎮定時，太陽已經出來了。那瘋子真的說到做到，企圖在天亮之前幹掉胡笙。

但是誰對胡笙下毒，在什麼時候？

他整晚在店裡都跟我一起。況且，殺蟲劑會立刻發病。他不可能是更早被下毒。

我走進醫院對面的糕餅店點了一杯咖啡。現烤麵包與鬆餅的香味讓我胃口大開。所以我又點了起司麵包。我一夜沒闔眼，我需要咖啡因。我也像狼一樣飢餓。我的牙齒咬進麵包裡。軟得像海綿，入口即化。我暫時拋開維持身材的念頭，還有吃下這麼多脂肪的罪惡感，晚點再說吧。我考慮再點一個，但迅速恢復理智。別太過火，我告訴自己。

我嘗試在腦中回想昨夜，像電影一樣。我們吃晚餐，然後聚集在街上準備進行社區搜索任務。接著去警察局，在警局喝茶……當然，茶很難喝，但警局不是下毒的最佳場所。況且，我們都喝了同樣的茶。我跟賽錫克談話時胡笙在外面。但哈山跟他在一起。或許他們等我的時候吃喝了什麼東西。

等我喝完咖啡就打給哈山問問看。

然後我們在店裡。他在吧台後面、蘇克魯身邊，我在貝琳達D身邊。然後我要求調弱燈光。吧台隨時有人來來去去，有人站在那兒喝酒，或走過來點酒。胡笙一定跟他們閒聊過。蘇克魯不可能在他的可樂下毒。他膽小到連想像這種事都不敢，更別說下手了。後來，我跟蘇克魯上樓，丟下胡笙單獨在吧台。我不記得下樓之後看到胡笙。我沒注意他在幹什麼，直到我們一起離開吧台。

一定是有人來吧台在他的可樂下毒。

那個瘋子或他的某個共犯今晚曾經混在我們身邊，滲透進入我們的城堡，當著我們的面偷偷在胡笙的可樂裡下毒，然後逃走。呃，有一套，我對自己說。我們的安全系統太神奇了！我們表現得彷彿我們一走進店門就有某種防護罩啟動，讓我們免於外界的一切危險。小姐們，顧客們，我……我們總是無拘無束。但事實證明，意圖不軌的人也能穿透同一個防護罩，突破我們的庇護所，爲所欲爲。我們很瞎吧？外界眞的不是我們所認爲的那麼遙遠？在伊斯坦堡這個巨大城市，我們難道無法爲自己打造一個只有一百六十平方米的小天堂嗎？

29

我必須回家。胡笙需要乾淨衣服。他的衣物都染上了嘔吐物和血漬。他們給了他一件在醫院穿的手術罩袍；其餘身體都赤裸。我們匆忙得連他的鞋子都忘在飯店裡。我打給哈山叫他守在胡笙身邊。他還半睡半醒但是毫無怨言就來了。他知道情況有多嚴重。在這種時候，哈山就能放下業餘的裝腔作勢變得冷靜又通情達理。我要求不多，只要他在我離開辦幾件事的空檔陪胡笙。如果他想要甚至可以睡覺。反正胡笙被麻醉了；他在熟睡。他顯然短時間內不會醒過來，不需要特別照顧。

我還醒著，一夜沒睡筋疲力盡。腦中不斷嗡嗡作響。我眼皮一直跳。我感覺到太陽穴的肌肉在鼓動。

我必須通知胡笙的家人，但我不知道怎麼開口。他們的孩子已經外宿了兩夜；第一晚他的車子被縱火，第二晚他被人下毒。他們不可能諒解，合邏輯有條理地看待這件事。他們會恨我。彷彿我帶他們兒子誤入歧途發生不自然關係還不夠，現在我還帶衰了他。比起他母親凱芙瑟·柯札拉克對我的觀感，電影史上所有的神奇美女吸血鬼都顯得更純眞無辜。

我不知道他家的電話，我也搞不清楚他們住哪裡。計程車行一定有人知道他們的電話號碼。我在腦中排練我要說的話。沒有一句是好消息。

伊瑪茲不在他的崗位上。似乎看到我不在，他就趁機開小差去了。我從心底詛咒他。

莎蒂來過了，刷洗打掃，按照承諾整理好家裡的每個角落。她在冰箱上留了一張新字條：

「你家已經乾乾淨淨。隨便你開心弄亂。我不懂你幹嘛破壞自己的胸罩。如果你不想要應該送我的。」

如果我洗個澡會感覺好一點。

我還有足夠時間。

我還沒打開水龍頭門鈴就響了。

我拖著腳步去開門。

是我樓下鄰居，愛管閒事的遜咖費迪。

當他看到我嚇退一步，我知道我臉色不太好看。他仍然掛著平時的惱人傻笑。

「我道歉，」我說，以自己的邋遢爲恥。「我昨晚過得很糟糕。我很累而且完全沒睡覺。我正要去洗澡。」

「嗯⋯」他說，「關於昨晚⋯⋯」

當然他一定在窗口全看到了。他死也不會錯過的。他身穿褪色、汗濕之後緊貼在瘦弱軀體上的T恤。另一方面，他的褲子還是一樣鬆垮。

「請接受我的道歉，我們造成了一點騷動，」我說，「尤其警察來的時候⋯⋯」

「呃⋯⋯我是說⋯⋯我想要問⋯⋯嗯⋯⋯有沒有什麼需要我幫忙的。」

他愛管閒事並不表示他不笨。他連一個句子都講不通順。

「我剛在想是不是……」他在嘴裡咕噥著說。

「想是不是怎樣？」我說，想讓他快點講完。

「你發現你要找的人了？」

唉唷，如果我們找到了我會這麼慘嗎？我的臉頰會綻放玫瑰色，我的活力會破表。我只低聲說沒有。

「我想幫忙，」他說，拼命把這段難以忍受的對話拖得更長。「我很尊敬你。如果有我能做的事情請不用客氣。如果你需要聊天，你知道的，或其他東西。」

「謝謝，」我說，表示絕對不可能，直到永遠。

他還不是地球上最後一個男人。

我準備關門時被他擋住。

「喔，對了，樓下的那個先生……」他撐開門說。

「伊瑪茲，」我說，眞的打了哈欠。「你是指伊瑪茲．卡拉塔斯？」

「他找不到你，所以今天早上他來敲我的門。」

我在等他講完，但他一直想探頭到我家裡。顯然他無法同時歪著脖子講話。

「他說了什麼嗎？」我問，「我正要去洗澡……有點趕時間。」

「我了解……」他茫然望著我說。

如果他眞的了解，就會轉達伊瑪茲的留言然後離開。

「伊瑪茲說什麼？」我又問，這次口氣比較尖銳。

「他要去洗個澡，換衣服，裝好他的便當盒，然後回來。」好重要的留言！如果我沒收到我會擔心一整天呢。

「謝謝，」我說，關上門。

他又用手擋住。他手上的墨水漬讓他顯得比實際上更骯髒。

「他敲門時是早上七點……」

要我怎麼辦？那個人整夜坐在攜帶式板凳上，天一亮就去敲我遜咖鄰居的門。

「如果他吵醒你了我很抱歉，」我最後一次嘗試說，「我真的趕時間。我朋友住院了。我得回去。」

他一定有痙攣性顏面神經痛。他的嘴角又往右抽動了一下。

「如果你要我跟你去……」

我向來設法和鄰居保持尊重的距離，今天也無意改變立場。我沒心情敦親睦鄰，尤其是跟費迪。

「不用，謝謝，」我說，「我自己會處理。掰掰。」

然後我緊緊關上門。

洗完澡後感覺好多了。過程中我擺脫了負面能量。我洗得比平常久。我發出了訊息給那瘋子以防他在竊聽。是強烈的咒罵詞。我重複了幾次以防他沒聽到。

我趕緊刮鬍子。我的鏡中倒影好難看。我眼睛下方有黑眼圈。這都要歸功於那個瘋子！

多虧了他，我快變行屍走肉了。我迅速退離鏡子。我對自己的外表不滿意。觀察自己讓自己更加緊張有什麼好處？我總會有機會睡覺，睡醒之後會顯得好一點。然後，徹底護膚保養之後，我會完全復活。感謝眞主創造了化妝品，我對自己說。

咖啡和洗澡讓我好舒服，即使只是暫時。我還是吃了維他命丸，以防萬一——至少能讓我站得穩。

我打算幫胡笙帶一些乾淨內衣和衣物，但後來決定整包帶去比較合理。沒理由把它丟在家裡。

答錄機的留言燈在閃爍，我不理它。手機也關了。我無意跟任何人通電話閒聊。

我出門之前睡意已經開始籠罩。我必須抗拒。

在樓梯尾端我遇到正在喝早茶看報紙的伊瑪茲。如同留言承諾的，他已經回來坐在攜帶式板凳上了。

「先生早安，」他說。

「早安。」

他換上了比較舒適的衣服，但仍穿著V領毛衣打著領帶。

「一切正常嗎？你還好吧？」

他非得提醒我我看來像個老太婆嗎？我早就知道了。

「我沒睡好，」我說。

「我剛回家了一趟。我有留言給您。三號住戶。」

「嗯，他告訴我了，」我說，「他說你是早上七點離開的。」

我期待他了解早上七點去敲人家的門太早了點，但他只用自信的微笑回應，露出他的缺牙。

「我想最好早去早回，趁沒人的時候。」

聊夠了。我走向大門口。

「要旅行嗎？」他指指我手上的大型運動提袋問。

敘述昨晚胡笙被下毒住院的細節太花時間了，如果我說我要去旅行，呃，只會引來更多需要我深入解釋的瑣碎問題。

「我去健身房，」我說，配合我拿的提袋亂掰。

「我記下了進出的每個人，」他從外套側面口袋掏出一張折好的紙說，「還有時間……」

我現在眞的不想聽他念完整個名單。

「給我，」我伸出手說，「我自己看吧。」

我的眼睛因睡眠不足在灼痛。我瞄了一下。有兩頁篇幅。他的字跡很整齊。畢竟，他顯然有軍人的紀律。我把紙條塞進運動提袋的側袋裡。

我跳上發現的第一輛計程車直奔醫院。

30

胡笙手腕插著點滴躺在床上，鼻子裡有氧氣管，嘴巴也有管子。他閉著眼睛。

哈山也閉著眼坐在他旁邊的扶手椅上。我一走進去他就醒了。

「他們剛來巡過病房，」他低聲說，「他沒事……」

怎麼可能？他的車子被燒了，被人用殺蟲劑下毒，剛洗了胃，現在全身插著管子躺在醫院裡。

「我來等，」我說，「你可以走了。」

他看著我的臉。

「我想你應該去睡一下，說眞的。你好蒼白。我不想讓你洩氣，但你看起來像死人似的。我留下。反正他也不會有什麼要求。去睡幾個小時再回來。感覺會好一點。等他醒來他會比較需要你。」

他說得對。

「如果你想要我可以給你鑰匙。你去我家睡。」

反正我付過錢了，藍天飯店有房間等著我。我還是謝謝他。

「如果發生什麼事再打給我，」我把我的預付卡號碼給他。我不想打開另一個門號還聽到那瘋子來胡言亂語。

「無論如何，別讓任何人進來！我是說，除了我們認識的人……」我補充。

我想了一會兒；或許昨天是我們認識的人在店裡下的毒。

「不對！」我說，「誰也不行！不管我們認不認識。只有我……如果你想要，我們就弄個『謝絕訪客』的牌子掛在門上。」

飯店櫃檯換人了，但我還是覺得必須解釋一下。我們走得匆忙，把房間和電梯弄得又亂又髒。

「沒問題的，先生，」有點口齒不清的女孩子回答，「這種事難免。他沒事吧？這是最重要的。他好點了嗎？」

我謝謝她的關心，禮貌地請她不要轉接任何電話到我房間裡。

我躺下來之前必須打兩通電話：一通給澎澎，一通給聖戰2000。等我醒來頭腦冷靜清楚之後，再處理胡笙的家人。

如果我們沒有天天連絡，容易驚慌的澎澎會大驚小怪，驚動親友，然後熟人，最後要求警方調查我出了什麼事。即使帕米爾向他報告了昨晚事件的個人版本，聖戰2000一定還在等我的說法。不難猜想他很可能充滿好奇。我先打給他。他不發一語聽完了最新的事態發展。

「他不太可能來找我麻煩，」他說。

他說得有理：如果那瘋子從我的電腦追蹤我的網路活動，他早就找到聖戰2000了。

「我想你還是別太樂觀，」我說。最好他保持一點警戒心，尤其昨晚的事件有一部分是他引起的。「這幾天要提高警覺。很難說他接下來會幹什麼。在他眼中沒有人是無辜的。我是說，看看胡笙！」

靜默片刻，我還以爲線路斷掉了。

「喂？你還在嗎？」

「我會跟帕米爾商量。或許我們可以逃到塞浦路斯一星期左右。」

他們似乎進展得很快；從飯店約會到互相造訪，還一起度假。他的興趣從我身上轉移到帕米爾是件好事，但他慌起來打算逃跑就不太妙了。

「唉唷我的天，你跑哪裡去了？」澎澎接聽說，「我打你家的號碼，但是沒人接。我想你的答錄機也壞了。我都快瘋了。」

我沒心情斥責她。

「沒什麼好擔心的。我這不是打來了嗎！」我責備地說。哈山一定已經告訴她昨晚的事。他不用食物、飲料或睡眠也能活得很好，但他如果不盡快向感興趣的人散布昨晚的八卦，一定會渾身發癢。

「唉唷我的天，你怎麼搞的？幹嘛這麼生氣？我是打去謝謝你送的禮物…但是從你的聲音聽來，你在發火。」

「什麼禮物？」我說，「我沒送禮物給你。」

「喔，少來，唉唷！大清早送到的，我還沒起床呢。有個小男生拿來的。還附了張卡片。寫得很貼心。」

我沒送禮也沒寫卡片給她。

既然我沒有，一定是那瘋子的最新殺人計畫。他可能寄了炸彈給她。網路上到處有教人做土製炸彈的資訊。

「澎澎，不是我送的！」我說，「別打開！」

「可是我已經開了……」她說，從聲音聽起來我確信她是嘟起嘴唇說的。「我很高興從你手上收到我眞正喜歡的禮物——好多年沒有了！你老是買些怪東西給我……」

即使現在，她也毫不收斂地譏刺我。這是她的天性……

「再說一次，我沒有送禮給妳，」我大聲又清楚地說，「不過，可以告訴我是什麼東西嗎？」

「呃，如果不是你，那就不關你的事，唉唷！」

我沒心情應付她撒嬌。

「聽著，親愛的，」我說，「一定是我跟妳說過的那個瘋子幹的。可能是危險物品。他昨晚對胡笙下毒。他在醫院裡，差點死掉。我們讓他洗胃。妳懂嗎？」

她會懂的。

「你解釋給我聽可以不用大喊大叫，」她不滿地回答，「嚇我有什麼好處？你要我放下電話之後鎖上門坐在家裡哭泣嗎？然後我的眼睛會浮腫，今晚上台就丟臉了。你想要這樣嗎？拜託，我不想跟你的瘋子有任何關係！」

「他送了什麼？」我再問一遍。

「Gezi糕餅店的一大盒綜合巧克力！」

這不可能是她一輩子期待我送的禮物。我買給她這麼多東西，竟然全被一盒巧克力打敗了！

「可能有毒。他或許像昨晚對胡笙一樣重施故技……別吃，全部扔了，」我說。

「唉唷，休想！」她說，「太暴殄天物了……」

我用詳細到令人作嘔的方式告訴她如果她中毒會怎樣。終於，她懂了，但她還是捨不得把它丟掉。

「我給客人吃好了，」她說，彷彿這也算對策。

「別傻了，唉唷。妳想毒死妳的客人嗎？」

「有何不可？」她竊笑說，「有時候他們讓我很不爽。我每次只給他們一顆。不會死人……但是足夠讓他們胃痛。」

「妳試試看！」我說，「好吧，別丟掉。但是也別吃掉。」

等我們有時間，我們晚點再送去實驗室化驗求證。如果沒毒，但我不以爲然，她可以坐下來把整盒嗑掉。

掛斷之前，我必須再問一個問題——否則我無論多累也睡不著。

「妳眞的覺得一盒巧克力就是最好的禮物？」

「當然，唉唷我的天。我需要的一切已經都有了，感謝眞主。反正我想要什麼都買得起。我無法在衣櫥裡塞更多東西，已經大爆滿了。我也沒有空間擺更多家具……況且，人人喜歡巧克力……」

31

我醒來時已經是下午。我沒作夢，但話說回來，我也沒有眞的睡著；應該算是昏迷過去。我拉開窗簾。我賴床了一下，伸懶腰打哈欠，然後叫客房服務點了一杯黑咖啡再去洗澡。等咖啡送來時我已經出來了。

我抵達醫院時哈山在走廊上。他倚在靠近房門的牆上，正在清指甲垢。

「他們在幫他灌腸，」他說，「他不要我在場。我出來免得他尷尬。我一直在這裡等。」

我最好也在外面等護士出來。

「那，他怎麼樣了？」我問，沒指望有什麼進展。

「一樣。他好一點了。此外，大致老樣子。他們給他吃藥，換新點滴，停掉氧氣管……他剛醒來。」

「有人打來嗎？」

「沒有，」他說，「沒半個……我太無聊去跟護士搭訕了一會兒。問出每間病房住了誰，患什麼病。想知道嗎？」

不，我不想。

我謝過哈山叫他回家。沒必要兩人都留在這裡。我吩咐我不確定今晚是否會去店裡，但我會打電話通知他。

護士離開後，我走進病房。

胡笙一臉祥和地躺著。他看起來瘦得可怕。他們拔掉了他的導管。他看到我臉色一亮。

「哈囉，」他微笑說，「看看我這模樣……」

「別擔心，」我說，「你已經好一點了。想吃什麼嗎？」我問，「我可以叫──」

「他們不准，」他抽動鼻子說。

一定是醫生命令不讓他在這種狀況下進食。其實，我自己也餓了。

「你不在的時候我想了一下，」他開口，「或許事出有因，要幫助我們培養感情。是命運的造化。我是說，看看我們……」

現在眞的不是情話綿綿的時候。至少，對我不是。我對胡笙當然有感情，但我不知道其中有多少是熱情，多少是同情，多少是性魅力。我只知道我不愛他也無意去分析，或在此時此地坐下來討論。

「以後再說吧，」我說。

「爲什麼？我們又沒有別的事做。只有我們兩個人……」

他父母走進病房，打斷了我無意繼續的對話。

胡笙的父親以實瑪利．柯札拉克非常冷靜講理，正如跟我通電話時的樣子。他完全信賴眞主會處理這件事。長期被老婆餵養的結果，他很胖。他是理想的居家男人。他低垂的眉毛讓他總是一副迷惑哀愁的表情。他的眼神柔和又親切，留著小鬍子，中間有一點尼古丁的黃色污漬。

另一方面，柯札拉克太太努力保持堅強；她嘆氣，不時咬著下唇，用手背擦掉眼睛的淚水。她一走進病房，就衝過來坐在兒子身邊。她幾乎無法忍受不碰觸或擁抱他，但怕弄痛他又不敢。她從提包掏出濕布猛擦胡笙的額頭，按摩他的腳。

我在他們中間感覺像個外人。我沒必要待在房裡，但我不忍離開。我偏執地認定有人會趁我不在時，進來再度攻擊胡笙，所以我不能走。

「爸，你回去吧，」胡笙說，「你應該看店。」

「不，不，兒子。別說傻話。」

以實瑪利．柯札拉克坐到另一張扶手椅上雙手抱胸，表示他無意離開。他具備我印象中土耳其電影裡所有好父親角色的特質。他有加贊費．歐茲坎的幽默感，胡魯西．肯特曼嚴肅但體貼的氣質，還有穆尼爾．歐茲古的敏感。

「如果不能幫兒子度過難關，要父親幹什麼？你知道無論如何，我隨時都在。」

他轉向我尋求支援。

他看來很好笑，雙手抱胸坐在扶手椅上，身材臃腫，垂著眉毛。

「他是我兒子！如果不來我還能去哪裡，對吧？」

「是，是，沒錯，」我微笑說。

柯札拉克太太終於不再忍住淚水。她沒動也沒說話只是握著胡笙的手哭泣，沒插點滴的那隻手。我在口袋裡找面紙。

「來，伯母……」我走近她說。

我不知道該說些什麼。

「孩子，讓她哭吧，」以實瑪利．柯札拉克在座位上用權威的語氣說，「她哭過會感覺好一點……」

以實瑪利．柯札拉克的父愛裡隱含了一些頑皮。從他的坐姿看來或許不像，但是從他的語氣和眼神看得出來。

「讓她哭；對她有幫助……她哭出來總比跟我暗自捶心肝好一點。讓她發洩心裡的痛苦。她可以紓解……釋放壓力。」

她是他老婆。我憑什麼干涉？我退後，手上還捏著面紙。

柯札拉克太太看她老公一眼，伸手從我手裡拿走了面紙。

「我哪裡礙著你了，老公？」她責備地對他說，「別管我。我在哭又怎樣？這是作母親的心。你不會懂的。」

如果換個情境聽見這些對話，尤其加上凱芙瑟．柯札拉克的表情，我會笑到肚子痛。多年來養成習慣的婚姻顯然靠甜蜜的小爭吵與鬥嘴就足夠了。一人挑剔對方，另一人立刻反擊，毫不退讓。

或許我有點毛病：或許沒什麼好笑的。又或許作家麥可．康寧漢說過常看電影的人比較能夠看出日常生活中的趣味，也適用於我。

柯札拉克太太真的很像貴婦，享有最終定調權。她伸手拍打床墊說，「我想哭就哭，關你什麼事！」她像個要賴的頑固小孩，然後又開始長嘆。以表演來說，眞的很不賴。

我們陷入了沉默，只讓我更加焦慮。呃，不算完全沉默：柯札拉克太太仍繼續規律地啜泣擤鼻涕。

「那我就告退了，」我低聲說，「我還有些事要辦……」

換句話說，我需要離開的藉口；否則，他們會期待我留下。

「你什麼時候回來？」胡笙問。

我必須無視他眼中的愛戀和期望。

「你爸媽都在呢，」我離開時說。

我知道：這並沒有回答他的問題。

32

我的家被那個瘋子控制了。我家，我平日的庇護所，不再是我的私人空間。我不想回家。如果我去某個小姐家，她會期待我花上一小時說明發生過的事。顯然我需要的是整理思緒把事情想清楚。

我餓了。既然我餓著肚子想不出周全聰明的計畫，先吃點東西似乎是個好主意。還不到午餐時間，瑪瑪拉飯店的咖啡廳沒開。連續兩天在同一個地方吃飯會把我變成從不改變習慣、總是按照慣例生活的自閉症患者嗎？我對昨天吃的沙拉很滿意，但是今天，我不想只吃一份沙拉：我餓壞了。

因爲不是用餐時段，陽台上有空位。我邊吃大漢堡邊觀看路人。我喝葡萄柚汁，希望能燃燒掉從漢堡攝取的脂肪。最後，我喝了杯香草口味的濾泡式美味咖啡。

我喝完咖啡時，看到酒保蘇克魯在不遠處紅綠燈下等待過馬路的人群中。如果他看到我，他會跑過來坐下，滔滔不絕地大談他的新男友多麼完美。每個剛陷入戀情的人不都是這樣嗎？當他們還新鮮，我們看到他們的優點；一旦他們走味，我們看到他們的缺點。然後，彷彿被迫聽這些還不夠，我知道我會被迫買單，因爲我是老闆。我向後靠免得被他發現。眞希望我手上有一張報紙可以擋。

他根本沒往我這邊看。他轉身過馬路，跟他身邊的人交談。我只看得見他背影，那一定是他的新男友，長髮小子；我的仰慕者。

既然塡飽了肚子，該是整理思緒的時候了。爲此我可以去做全套徹底、昂貴的護膚療程。我厭倦了每個人，我眞的是指每個人，都說我看起來很累，換句話說，我看起來像死人。有了面膜、奶油、按摩和一些人工日光浴，我的皮膚會復活，至少大家可以再直視我的臉。我沒預約，但如果我這樣去，不是被轉交給不可靠的學徒，就是要等很久。

其實，在這種時候我知道有些事情能讓我好過一點：性愛和購物。我沒力氣也沒意願做愛。那就只好去購物了。

深知自己的揮霍習性，我知道必須愼選地點。如果我去阿克梅凱茲購物中心、尼桑塔希區或巴格達大道，充滿昂貴名牌門市的地方，一定會花掉不少錢。如果我不去買衣服改去書店和唱片行，結果我會搬一堆垃圾回家，比如大買幾十本自以爲改天會看的書，或者我家早已經有的CD的不同版本，純粹出於天眞好奇。這些書和CD會從書架的前排淪落到後排，再到高得搆不到的位置，然後某天我會撥空整理它們，打包到箱子裡，賣到二手商店去。打包的部分我會請莎蒂代勞。

第二個問題是我買了東西也沒地方放。因爲我不回家，難不成要把書和CD扛回飯店嗎？

最合理可行的是去貝優格魯區。只要我不走進最喜愛的精品店，應該花不到太多多錢。我出門時沒帶衣服，只有我身上穿的這套。去買些新衣服穿也不是什麼壞事。其實，我有必要這麼做。

我無視腦中的刺耳聲音叫我回家換衣服，我衣櫥裡已經有很多衣服了。就在我有心情好好血拼時，爲什麼內心的討厭聲音要來干涉呢？我必須充耳不聞。

先去特柯斯巷應該不錯。在那邊能買的東西——次級貨——都是出口剩餘。

我加快腳步。我已經通過了加拉塔薩雷區。

「柏薩克！」我聽見男性聲音從背後叫我。

我猛回頭。

我靈氣師父古爾的情人巴哈迪爾剛走出左邊的銀行向我揮手。

他不可能知道我的妄想，但我突然臉紅，彷彿他已經從我的臉色看出來了。

他過來擁抱著我親吻。我不記得跟他有這麼熟，但被巴哈迪爾親吻我毫無抗拒。

他比我印象中更帥了。他穿著西裝顯得很幹練，風衣掛在臂彎上。他性感極了。

「眞是驚喜，」他說，「你來這個區做什麼？」

他微笑時看起來更性感。嘴唇形狀漂亮，牙齒整齊，眼神也非常勾魂。

「到處逛，想買點東西，」我說，「你呢？」

「我在這兒工作，」他指著地鐵站方向說，「我剛去銀行辦點事。幸好我來了，因爲你看：我遇到你了。」

這個人像強烈輻射線似的散發荷爾蒙。他讓我在最冷感的時候想起性愛。

「古爾和我有打給你幾次，但是撥不通，」他說，「昨天你打來時，古爾出門了。她得去她兒子的學校。她回家後有打給你但是沒找到。我們猜想你厭倦了名聲換了電話號碼。」

我要逐一回答。

「這幾天我一直東奔西跑。我只是沒時間回電。我昨天有點空。其實，我有個朋友需要靈氣淨化。所以我才打去。但後來卡維特和席琳幫了我們。我沒換號碼，但是那時候必須關機一陣子。你知道的……」

我不知道我為什麼講完之後眨眼。不過，巴哈迪爾從中看出了某種意義。

「當然……」他說，「我了解。」

如果他說的「當然」是指理解了我的房事，而且假設我也懂，那他肯定會錯意了！呃，好吧，巴哈迪爾的表情總是讓我想做無恥的事。

「那個電話瘋子，」我澄清說。

「喔……」

「但是我一有空就會回電。我沒忘。」

「來吧，我請你喝一杯，」他伸手搭我的肩說，「你看起來似乎需要。」

我應該去護膚中心而不是逛街購物！改天我換成比較好看、迷人、誘人、高雅的奧黛莉造型，我會希望他來見我。幸好他提醒了我目前狀況欠佳。我因為自慚形穢喪失了色慾，但沒有完全消失……

「我……嗯……我寧可改天……因為……我必須買些東西之後馬上回去……我是說，我朋友住院了……我要幫他買……」

我結結巴巴地連一個句子都說不清楚，好像初次約會的害羞年輕人，全是因爲他。

「沒關係的！」他說，「沒必要找藉口。那我們走走吧，如果你也往這邊走。」

他沒必要那樣當面拆穿我的藉口。

我們開始散步。

他談起古爾，他們上次一起去聽的演唱會。

我絆到了兩次。完全失常。我討厭笨拙的行人。

「如果想要可以扶著我的手，」他說。

我的心臟開始狂跳。

我感覺有點興奮。

老實說，和巴哈迪爾挽著手散步讓我慾火上升。我忍不住。我的身體對這個人有反應。他的魅力，他的活力或靈氣，無論是什麼，足夠了。我生自己的氣。但話說回來，想起自己多久沒有做愛了，我想隔這麼久覺得蠢動也是正常的，尤其發生過這麼多事。美妙性愛是讓人遺忘討厭事物的最佳方式。

我們挽著手經過特柯斯巷走向地鐵站。

我感覺像置身浪漫法國電影中。我像凱薩琳．丹妮芙、薩米．佛雷或勞倫．特茲夫一樣跟帥得令人屏息的人挽著手散步。

在Markiz糕餅店外，有個單車騎士經過我們，穿梭行人之間，差點撞倒了巴哈迪爾。凱薩琳．丹妮芙消失。我從玫瑰色的夢中醒來。單車不是藍色，騎士也不是戴火焰安全帽的女子，但足以讓我想起那個瘋子。

我全身緊繃起來。我停步。

「我該走了，」我堅決地說。

我知道日後我會萬分懊悔放棄了這個機會，像這樣把巴哈迪爾丟在街上。

「怎麼了？」他說。

他注意到我的改變，有事不對勁，但他不清楚是什麼。事實上，我也不清楚。就是有東西，我的某種感覺，卡在我和白馬王子之間。我的性慾在幾秒鐘內狂降到負值。

我們分手時，我請他問候古爾，以確保這段小冒險不會讓我們良心不安。

33

天快黑了。我輕快地走向特佩巴希區去搭計程車，我想，一定有我沒發現的東西，錯過的細節。但是是什麼呢？

我的計程車司機不斷喃喃抱怨，因爲不只現在是塞車時段，而且我只搭短程。我不甘示弱；我開始比他更大聲抱怨。

我們抵達塔克辛時，有輛計程車超過我們往希拉瑟維勒區的方向轉彎，車上的人向我們揮手。看我沒發現，他們又按喇叭。

「先生，他們指著你呢，」抱怨比賽落敗後終於閉嘴的計程車司機說。

我看看。是蘇克魯，咧開嘴大笑揮手，身邊有個長髮的人。因爲夜色昏暗我看不太清楚。一定是他的新歡，那個外型像女生的人。也就是我的仰慕者。想起細節，我的好奇心被挑動。我再仔細看，但是車潮開始流動，我們很快就分散了。他的輪廓似乎很眼熟。我或許在店裡，或像胡笙說的在社區裡見過他——不過先前他沒有吸引我的注意，顯然只是個普通人。

當我回到我的公寓大樓門外，發現伊瑪茲不在玻璃大門後。他又消失了。雖然受過軍事訓練，這個人似乎有點不負責任。應該看守這裡的是他，不是我。我不在家並不表示他可以逮到機會就開小差。我打算下次看到他就罵他一頓。

我走到樓梯底端時，胡梅拉的門打開。

「薇拉先生，」她說。

如果她要問起她被偷走的包包或其他同等荒謬的事情，我沒心情奉陪。

「在這裡等候的那位先生，」她說，「他走了。但他留了字條給你。他說很重要。」

伊瑪茲似乎很喜歡寫報告。

她半開著門，進去拿紙條。很整齊地收在信封裡，信封還密封了。用細心工整的字體寫著給我收。

「你不在時他借用我的廁所，」胡梅拉抱怨，「但我想這畢竟也是生理之常。」

如果她以為她能讓我出於感激到處找她失竊的包包，她就大錯特錯了。

「您太客氣了。」

只是因為她轉交紙條，又讓伊瑪茲用她的廁所。

「呃，我跟你說，他是很乾淨的人，」她閉上眼睛說，「他會脫鞋放在外面。上完了會洗手。我有聽見水聲。但是你可不可以告訴他下次上廁所的時候……」

現在要講到他上完沒沖水、尿尿沒掀起馬桶座、尿得到處都是的細節……那又怎樣！大多數土耳其人都是這樣。我們仍然缺乏基本的如廁禮儀。

「把衛生紙丟進垃圾筒，不要沖下馬桶？我擔心下水道可能被堵住。萬一堵塞，你之道我家會淹水。我不好意思告訴他。如果你可以……」

她倒好意思告訴我。
「當然，女士，我會提醒他，」我開始爬樓梯一面回答。
她在背後叫我。
「還有件事，」她說。
我轉身看。
她露出最親切的笑容眨著眼。
「我的包包。昨天我跟你說過那個……有銅環握把……」
人老了要不是失去理智，就是變得偏執。我不禁猜想我所有的偏執是不是衰老的徵兆。
我的眼色一定噴出火來，因爲她沉默了。
「我是想問有沒有什麼消息，找到了沒有……」
她問了。我親耳聽到了。我不悅地望著她，感覺自己好像宙斯。
她退回家門裡。
「OK。我懂。你們沒找到。沒關係……」
我進家門第一件事是打電話到醫院。我不驚訝他們很快就找到胡笙住的病房轉接過去。
畢竟，我們付給私立醫院很多錢，所以他們當然得好好幹活。有種東西叫做「服務品質」。
胡笙住的醫院向來標榜品質認證，收費跟五星級飯店一樣貴。
以實瑪利．柯札拉克接了電話。
胡笙沒事。他們讓他吃了藥，他又睡著了。

「孩子，」他說，「胡笙的行李袋側面口袋有張字條，指名給你的。會不會是重要的東西？」

在醫院病房裡沒事做，以實瑪利．柯札拉克一定是到處亂摸，運用他五金商人的組織技巧，純粹出於無聊看過了他發現的任何東西。他發現的是昨天伊瑪茲．卡拉塔斯的報告，我完全忘了這回事：進出公寓大樓者的名單。

「我回去以後會看，」我說，「別扔掉。」

「你的朋友來探望過，」他說，「他們帶了花和古龍水來；他們眞好心。我們已經買了一些，但是……」

誰？恐慌警報在我腦中響起。除了哈山和澎澎沒人知道胡笙在那裏。哈山整個早上都在醫院，這時一定在家休息。我認識的澎澎絕對不會去探病。

「你說誰來探望過？」

「你朋友啊，」他說，「蘇克魯跟他朋友。」

蘇克魯去醫院幹什麼？一定是哈山大嘴巴。如果他不告訴每個人最新消息就會憋死。幸好我警告過他不要！

我了解蘇克魯，好吧，但他朋友是誰？他拖著我剛看過的新男友陪他上醫院？或許他以爲我也在，這次我因爲情境會比較配合，他就能介紹我認識害羞的仰慕者。

我拿著伊瑪茲．卡拉塔斯的紙條走進廁所，坐下來。

他在頁面頂端寫了時間和日期，中間還有粗體大寫的「最高機密」，加了底線。他眞的很怪。

「通緝的女單車騎士來到薇拉公寓大樓，三號公寓，兩點二十七分。她戴著先前描述過的安全帽。同一個女子昨天來訪沒騎車，上了樓。（請見我昨天的報告。）我想我做對了。因爲深知事情的急迫性，我必須不經您允許離開指定位置去跟蹤腳踏車。」

我不敢相信我的眼睛。我從頭到尾再看一遍。單車女昨天來過？原來伊瑪茲相當有用。蹲馬桶的時候會提升腦功能，這是事實，不是迷思。「太好了！」我對自己說。

我出門打電話，因爲家裡仍然被竊聽。

我先打到醫院。這次是胡笙接的。

「我就知道是你，」他說。

我要求跟他父親說話。

「我好一點了，」他說，我又沒問他。「你什麼時候過來？我告訴父母你會回來。他們要走了。」

我又要求跟他父親說話。

「我們剛才談到的紙條，」我說，「你在提袋裡發現的。，如果方便的話，我想問您幾個問題？」

「我沒帶眼鏡，」他說，對自己老了必須依賴眼鏡才看得清楚很尷尬又自卑。「我會交給胡笙。」

胡笙比較容易懂我的意思。他知道我在找什麼。

對，我要找的資訊在昨天的紙條裡。我笨到居然錯過了。無論如何，只有一個意義：單車女子直接跟住在我家大樓的某人串通。三號公寓的住戶。

「你太好了，」我開心地說。

「我知道你總有一天會了解，」他回答。

我真的該告訴他我指的是情況而不是他，或者情報局的退休警察伊瑪茲．卡拉塔斯準備了這麼詳細的報告；但他在住院。他可能需要一點愛心和同情。

「你什麼時候回來？」他又問一次。

「等我辦完事情，」我說。

現在我需要支援。我不會讓警方插手。如果賽錫克發現，他會氣得痛罵我一頓，但是警方不用插手。我要用我自己的特殊部隊搞定。

保鑣肯尼雖然心智有點軟弱，卻很喜歡炫耀他的肌肉。畢竟他是職業保鑣。現在就是他自我證明的機會，我心想。我打電話叫他馬上過來，不要多問。

然後我連絡哈山一向形容很帥的塔里克，我知道他是胡笙的計程車行同事。他似乎是個強壯的人。

等他們抵達的空檔，我作了些荒廢好幾天的運動，伸展與暖身。我逐一抬起腿壓牆。我伸展時發現大腿內側已經變得僵硬。我在走道上試翻兩個跟斗：第一次雙手撐地，第二次凌空翻。我差點撞到牆把自己的頭骨撞碎。我專注在我一直覺得很難的左腳迴旋踢。有所準備眞好。

塔里克先來了。哈山的品味眞差。呃，最喜愛的演員是丹尼爾奧圖和傑哈德巴狄厄的人你還指望什麼？這傢伙並不好看。他只是有年輕光采的臉孔。如果他不好好照顧自己，卅五歲之前一定會開始崩壞。我抓著他手臂把他拖下樓，示意他安靜。最適合談話的地方，我們不會被人聽見又能讓我看到肯尼抵達。

「是胡笙的事，」我說。

「我想也是，大哥，」他說，「反正現在塞車。如果我出去工作，要花半小時才能前進兩條街；錢都浪費在汽油上了。」

「你會格鬥嗎？」

當然，他不太懂我的意思。

「格鬥，」我說，「會武術？……拳擊？……踢腿？空手道？」

「沒問題，大哥，」他說，「胡笙是我換帖兄弟；要怎樣我們都願意。如果我不幫忙還算什麼同伴？我絕不容忍這種事，休想。」

我沒搭過他幾次車或交談超過兩句話，但這種逞強口吻顯然不適合他，尤其他是胡笙的換帖兄弟。胡笙非常禮貌。或許胡笙偶爾使用、但我很討厭的咖啡館黑話就是跟他學的。

我突然攻擊測試他的反應。背後挨了一腳，他立刻仆街。這一踢其實很輕；我完全沒打算傷害他。

「幹！」他說，「老兄，怎麼回事？你嚇死我了。」

「只是測試，」我說，努力憋住不嘲笑他。我伸出手扶他起來。

「除非必要別跳到前面，」我眨眼說，「你有點僵硬。」

肯尼抵達時我沒測試。我知道他挨第二下就會倒地。最好別打傷我自己的隊員。

我們準備好進行二號任務了。

34

三號公寓就在我樓下。換句話說，遜咖費迪的家。

肯尼和塔里克跟在我後面，我們按門鈴。如果沒開門，只要腳踢或肩撞一下就能衝開。

沒人開門。我又按門鈴，這次按得久一點。遜咖費迪總是在我進出大樓時在家偷看，這時候跑哪去了？沒人應門。

「把門撞開吧，」我說。

其實我的意思是，你們把門撞開。

「有事我負責。」

我最擔憂的不是自己的名聲，而是如果破門之後沒有收穫，賽錫克會嚴厲斥責我。他有權這麼做。

肩膀撞兩下門就開了。肯尼和塔里克退開讓我先進去。除了我家做過的兩處整修之外，這一戶的格局跟我家相同。家具稀少的客廳很整潔。我要找的東西不在這裡。我走向後面的房間。

我走進在我家是書房的房間，第一次感到震驚。費迪的牆上幾乎把我的照片當壁紙。完全沒有空白處。某些照片做成了剪影，也有些被放大。這是獻給我的虛擬神殿。有些照片我從來沒看過。都是偷拍的。

肯尼說話時我轉身看他指的位置，「老闆，看，這張是你裸體。」

對，他也逮到了我裸體。在浴室，站在臥室的穿衣鏡前，還有在床上！

「別看，」我說。

我可以撕掉一張，但是其餘的呢？如果你夠仔細找，有很多我的裸照分散各處。我們站在佔滿房間四面牆壁、巨大的柏薩克．薇拉拼貼畫中。

我在我當作臥室的房間發現了眞正在找的東西。充滿各種科技裝置的工作室！

雖然早知道我會有發現，連我都沒料到這麼多。天花板、地板和牆壁都作了絕緣處理。有五台不同的電腦連接到一座看起來像錄音室混音器的巨大儀表板。五台電腦都開著。

其中一台螢幕上看得見我公寓門口。在我看來，攝影機藏在對面公寓的瓦斯表外殼裡。一定是豆子大小的無線攝影機。我根本沒發現。

另一台螢幕上是我的臥室。從視線角度判斷，我猜攝影機靠近窗戶，在牆上的某個面具裡。我從去過的地方收集了一些面具；數量不少，從精緻的威尼斯嘉年華面具到原始的非洲圖騰面具都有。我竟然忽略了，把攝影機藏在裝飾用的許多珠子、寶石與亮片之間不難理解。由此也可以確認莎蒂沒有清理過面具。

另外三台螢幕沒有畫面，但每一台都標示著不同的房間——包括廚房與臥室！

「老闆，這裡好像太空站啊，」肯尼說。

我們三人目瞪口呆，努力理解這個情況。

哪有變態做得出這些事？他到底想要我怎樣？他爲什麼隨時監視我，想要聽我說的每個字？我到底是哪裡讓他執迷了？

架上有很多CD，按照日期編排。

我最私密的時刻都紀錄在這裡。

胡笙和我上床那一夜的CD在前面，細心貼上我們名字和日期的標籤。用紅色打了個叉。他用類似電影分級的方式來分類我的生活場景，像18+之類的。

我在全部五台電腦上執行格式化程式以便快速刪除系統。不過還是花了點時間，然後我關掉電腦。

我要摧毀這一切。

毫不留情。

我們開始一張一張折斷CD。只折了幾張我雙手就開始發痛，但我內心的憤怒壓倒了疼痛。我繼續用復仇的決心折斷CD。

塔里克停了一會兒。

「大哥，我們把這些砸毀，沒問題，但這跟胡笙有什麼關係？」

「都是同一個瘋子幹的！」我說，折斷手上的CD。

「那這個瘋子在哪裡？」

「等我們砸完這裡之後會找到他，」我說，繼續狂熱地折毀CD。

我們會找到他的。但是遜咖會在哪裡呢？

「老闆，我們也要把照片撕掉嗎？」

我倒沒想到。我必須考慮一下決定怎麼辦，還有何時動手。從牆上撕下全部照片會花很多時間。

「你花了好久才找到這裡。」

我立刻認出她來。是單車女。她站在面前看著我們，雙手抱胸，肩膀靠著門框。我們一直忙著折CD，發出許多噪音，所以沒注意到她來了。

我們停止動作。

「你花了好久才找到這裡，」她重複。但我們第一次已經聽見了。

她聲音很清脆，帶著點嘲諷。

「單車女！」我說。

「厲害！」她嘲笑地說，「你終於通過第一關考驗了。」

這到底是什麼意思？

「我們留下好多線索讓你找到這個地方……但你老是卡在其他事情上。」

她有對冰冷的大眼睛。她很傲慢。

「搞什麼？」我說，「捉迷藏遊戲嗎？你想幹什麼？這一切太荒謬了！你們究竟要我怎樣？」

我憤怒地吼出這些句子，隨即陷入絕望，直到我的聲音變得沙啞顫抖。

「就當作是某種報復吧，」她回答。

這個人也很瘦，透過半開的襯衫衣領我看得見她的肋骨。

「報復什麼？」我握緊拳頭說，「是誰？」

「走著瞧，」她說，冷靜得令我不安。「費迪會跟你解釋。」

費迪會解釋！他是那個瘋子！

「他在哪裡？」我說，「哪裡？」

「第二關！」她笑說，「你必須找到他……」

「我們知道他的身分，這裡到處是他的指紋。警方會立刻找到他。」

「OK，那就讓他們去找吧，」她說，輕鬆自信得足以令人抓狂。她轉身要離開。

我不能讓她這樣走掉。我撲向她。她消瘦的身體好脆弱。我抓到她的時候還以爲我快把她手臂扯斷了。

「小妞，妳想去哪裡？」我拉她手臂說，「我們跟妳還沒完呢！」

「你不能拿我怎麼樣，」她冷靜地說，「我的工作完成了……」

我可以對她刑求逼供，然後把她交給警方讓她被傳統方式偵訊。

「唉唷，快說！」我說，「費迪在哪裡？」

「我不知道，」她說，「你得自己去找他。」

她的眼神很戒懼。我相信她不知道。

「喔，原來你在這，先生。」

擅離職守去跟蹤單車女子的伊瑪茲．卡拉塔斯站在面前，完成工作之後，回到了我的公寓。

「我在找你呢。你不在家。我看到門開著就進來看看……我留了字條給你，有收到嗎？」

是，我收到了。

「我們現在怎麼辦？」塔里克說。

我無意放走這個女孩。我的罪名除了強闖民宅之外大概要加上妨害自由了。既然二號任務沒有達成預期的決定性效果，我必須想個新的應變計畫。

我打到賽米爾．卡贊希的私人號碼。

「怎麼回事？有問題嗎？我們的人做錯了什麼嗎？」他開口。

不，我對伊瑪茲很滿意。我只是有新要求。

「不知道你能不能幫我招待客人一陣子，是個年輕小姐？要保密……別讓她接觸任何人……」

他毫不猶豫地接受，讓我大吃一驚。

「我這就請伊瑪茲帶她過去，」我說。

「你不能拘留我，」她發現是怎麼回事之後抗議，「你沒有證據指控我！」

她一定熟記了應付警方的台詞，但在這個情境下無關緊要，因爲我要用完全非法的方式拘留她，把她交給完全非法的人。

「誰會提告？」我說，「你是我的保險，達令。呃，別亂來。我們不想讓妳受傷。」

我們用封箱膠帶捆綁單車女的雙手又封嘴，以免途中她給伊瑪茲惹麻煩。我派肯尼陪著去以防萬一。我希望能毫髮無傷地運送我的護身符。

我叫塔里克發毒誓保證他永遠不會把這事說出去，他會忘掉發生過的一切，連作夢都不會夢到。對，我會通知他最新發展。我記下了他的手機號碼。

打發眾人離開之後，我回到自己的公寓。當務之急，我找到了攝影機。然後我用研缽慎重地把它們搗碎。我摧毀這些小型廉價攝影機時有種莫名的快感。我用研杵撞擊研缽時，雲母、金屬、矽晶片和其他成份化爲粉塵，發出的噪音好像動物哀號，在我心中轉化爲瘋子費迪討饒的呻吟聲。

竊聽裝置還在我家裡，但我摧毀了他的系統，所以不必再擔心竊聽了。

現在我可以去醫院看胡笙了。抵達之後，我可以慢慢推敲下一步，該怎麼通過考驗的第二關。

35

當我走過寂靜的醫院走廊，發現蘇克魯在胡笙的門外等待。好吧，他或許在吧台裡跟胡笙聊天、竊笑、培養了一點交情，但是一天內探望兩次有點超過。

他也看到了我。他身體歪斜，一邊肩膀低垂，另一邊抬高，頭向前伸，像螃蟹一樣側行迎向我。

「老闆，我有事跟你說，」他說。

他語氣很不安；眼神也是。

胡笙一定出事了，但是什麼事？醫師說過一切正常，他有好轉。有意外的併發症嗎？他又有危險了？

佔據我腦中的恐慌肯定顯現在我臉上。

蘇克魯抓住我手臂；倚著我，把我拖往反方向。他一身酒臭味。

「拜託，」他說，「聽我說一下。我必須解釋。」

不，我要立刻知道，看到胡笙怎麼了。我掙脫他衝進病房，這時門上已經掛著「謝絕訪客」的牌子。

我愣住。

第二關已經在進行中。

可憐憔悴的胡笙眼神痛苦地躺著，疑似被下藥隨時會昏迷，在他床邊，正是我要找的瘋子：遜咖費迪。

房裡沒有別人。凱芙瑟和以實瑪利夫婦，我把胡笙託付的可靠對象，不見了。

「終於，」費迪說，他瘋狂的語氣取代了我的畏縮鄰居。

蘇克魯跟著我進了病房，關上房門。

「我可以解釋……拜託！」他說。

蘇克魯的新男友竟然是瘋子費迪！

「怎麼回事？」我說。

我被自己的員工蘇克魯背叛了，不負責任的父母凱芙瑟和以實瑪利．柯札拉克把他們的兒子丟到了一個狂人手中。

瘋子費迪把空針筒插進胡笙的點滴管中，準備下一個動作，帶著墨漬的拇指放在針筒上。

「你知道這是幹什麼嗎？」他問道。

當氣泡進入血管抵達心臟，就會猝死。心臟會停擺。連小孩都懂。

我點頭。

「很好，」他說，我覺得這霸道語氣不太適合他的體格。「坐下來聽著。」

蘇克魯又抓著我手臂，這次壓我坐到扶手椅上，自己坐在扶手上。

「請見諒，」他說，「我都可以解釋……」

他要解釋什麼？他顯然跟瘋子費迪共謀。他在我手下好多年，現在竟然用背叛回報我。他出賣了我。他出賣了胡笙。胡笙快死了。這種事有什麼好解釋。

「先拿走針筒，」我求他說，「拜託……」

費迪輕蔑地嘴角上揚。

「我們知道你的能耐。不值得冒險。」

「你要他怎樣？你要我怎樣？你家爲什麼貼滿我的照片？你竊聽我家，監視我！你到底是哪來的瘋子？你有什麼毛病？」

我被打敗了。我知道。

我快哭了。

「別急，」他說，「一樣一樣來……」

爲什麼沒有護士或看護進來查看胡笙，看到這個狀況？我們付這麼多錢住到了無人醫院嗎？他們品質認證的完美服務究竟怎麼了？護士和醫師調情，其餘人在戶外猛抽菸聊病人的八卦，或擠進小房間用小電視收看最無恥的八卦節目，這些場景一一閃過我腦海。他們沒出現一定有理由。好吧，他們可以收五星級飯店的費用，但他們應該無權表現得像飯店，假借「不打擾」客人的名義，丟下病人等死，完全沒人照料。

「好吧，我在聽，」我說，暫時忘掉護士和看護。「請說……」

「首先，」他說，「你必須了解狀況。你得看清大局。你這傲慢的呆子被細節蒙蔽了。

惡魔很可能在細節中，但你忽略了大局。」

我瞪大眼睛；我好奇地等著聽他接下來要說什麼。他似乎想要長篇大論。

「我是誰？你想過嗎？懷疑過嗎？」

他是愛管閒事的樓下鄰居。他的手指又髒又有墨漬。

「對，我搬到樓下。起初我根本不認識你。但我了解你的身分之後，我對你評價很高，我發現我們有共通點。然後我開始尋找認識你、跟你交談的機會。我一直努力接近你。你有注意到嗎？你有想到我嗎？容我替你回答：沒有！你被自己和你的世界佔滿了！你活在自己建造的繭中，以爲它會保護你。隔絕外界，隔離在你門口的人和他們的問題……」

他很擅長羞辱我，也有講廢話的天份。我等著他講重點。

「但我是誰？費迪．阿克坦是誰？讓我告訴你……」

他在孤兒院長大。姓名都是孤兒院取的。他不知道他的家人是誰。

「你無法想像缺乏愛心的成長是怎樣，」他說，「你總是有人愛。在孤兒院裡是沒有愛的。只有一種情感：恐懼。懲罰，挨打……抱著希望有家庭會來領養我們之中最可愛的小孩，用愛心撫養他，剩下的人嫉妒被選上的人。你能想像等著被挑選、渴望得快死掉的感受嗎？我想不能……也沒被挑選過。永遠沒人要我。對可愛、漂亮、有機會被選上的人感到這麼強的憎恨。如果這眞的是競賽，唯有設法消滅其他參賽者……你懂嗎？」

我點頭。

「你的臉色茫然。你又在作白日夢了嗎？」

「沒有，我在聽，」我說。

怎麼可能不聽。

「你去過孤兒院嗎？看過那些孩子們臉上的表情嗎？他們眼中的恐懼，他們如何拼命討好每個訪客，爭取一丁點他們誤認爲愛的注意力？我們無恥地盡力討好……爲了被拍拍頭，或者，如果我們走運，擁抱一下，我們什麼都願意做。最大獎就是被親吻！即使一次也夠了！事後我們會連續夢到好多天。就像一再滿足我們幻想的童話故事。」

我開始覺得難過。這傢伙身世悲慘。不過，他還是無權折磨我或殺害胡笙。

「還有強暴，」他說，「你一定聽說過。大家都知道。但沒人在乎。青少年性侵害從小時候就開始了……反正只有適應和堅強的人能倖存。其餘的都死了。根本沒人知道他們的下落。較大的孩子強暴較小的。不時有陌生人來訪，塞幾個銅板在看護口袋裡。我們無所謂。其實，很多人喜歡。想想看，跟別人親近！暫時有人想要，無論什麼理由或形式；被別人喜歡！喔！眞是醉人的感受。屁股疼痛根本不重要。有人要你。你被需要了。這會習慣的。你越想要愛，就越想要自以爲是愛的東西：性侵害！裡面每個小孩都渴望愛。惡性循環，對吧？但事實就是如此！」

我難過得快流淚了。我無法嚥口水。

「哈提絲也是孤兒院出身，」他說，「去胡笙家送信的女孩。」

原來單車女子名叫哈提絲。

「我們一成年他們就趕我們走。哈提絲和我在同一天被放逐。所以囉，我們是命運共同體，我們因此團結！」

我也爲哈提絲難過。我希望她沒被賽米爾．卡贊希的手下虐待。

「我們幸運，因爲我們聰明。我們好奇，我們很小就了解知識很寶貴。我們看很多書，我們學習。我們努力用自己的方法自我教育。我們做得挺不錯。我們被驅逐之後還能夠找到工作。」

值得誇獎的成就，我必須承認。

「現在，言歸正傳，」他說，「愛滋病！這種病你一定知道！經過那些不明身分的強暴，你大概猜得到，我得了愛滋病。哈提絲也有愛滋病。她是小時候輸血被感染的。她的家人發現她有愛滋病就遺棄她，說他們不要被詛咒的小孩。其實，反正他們不要她，因爲她是女孩，所以愛滋這件事成了他們遺棄她的藉口。我們命運共同體的另一個元素！目前我們是帶原者……沒發病……但你知道的，終究有可能發病。」

孤兒院的創傷加上愛滋病；故事越來越黑暗了。

「我想要什麼？關心。誰的關心？你的。而你怎麼做？你虧待我。你無視我，用譴責的眼光看我，每次我們見面都抬高下巴。你這麼高傲！即使現在！看看你的坐姿！」

我的坐姿有什麼不對？我背脊挺直，因爲我一向注意保持良好儀態，雙腿交叉，完美平行，雙手放在膝蓋上。

「你眞可笑！」他同樣輕蔑地嘴角上揚說，「你自以爲是奧黛莉赫本！你歪脖子、彎手的樣子……太可笑了。」

我向後仰把雙手收回到大腿上。

「好吧，爲什麼找上我？」我問。

「爲什麼是你？問得好。我一看到你，就知道你是適當人選。你事業成功，迷人，交遊廣闊。你爲自己創造了一個受庇護、玫瑰色的人造世界。就是你了。姑且說是直覺吧。我們的直覺很靈。孤兒院裡只有直覺靈光的人能倖存。按照直覺行動才能成功。我的直覺告訴我你是適當人選。」

「什麼的適當人選？」我問。

「我的死亡……」

我一定是中途恍神了，沒聽見他說什麼。

「我快死了，」他說，「無論我吃什麼體重都在減輕，血液細胞天天崩解死亡。我想要毫無折磨、毫無痛苦地死去。死在你手上……」

這太超過了。太沈重的負擔了！

「我看過一個劇本，」他冷靜地說，「叫做《動物園的故事》。」

我知道那齣戲。是愛德華．阿爾比寫的。兩個寂寞男子在動物園的長凳上認識……喔，天啊，我懂了！

「其中一人請另一人殺了他，」我激動地說，「想要成爲他終生難忘的回憶；至少在某人腦中，成爲永不磨滅、永遠留存的記憶！」

「厲害！」他說，「我就知道你很聰明。我想活在你的記憶裡，你的幻想世界裡。我死後仍要活在你的回憶中！」

他的要求太過份了。

「你眞的有必要殺害瑟梅特師父，然後毒害胡笙，又威脅把空氣注射到他的血管裡嗎？」

「呃，你不懂，」他說，「他們都只是工具！我們早晚不都會死嗎？早一點或晚一點又有什麼差別？我們遺忘那些壽終正寢的人。想想看，死在床上的人有多少個活在你腦中？會記得的，先想到的永遠是非自然死亡的人，不是嗎？這麼看吧：我給了這些人機會成爲我們記憶中優先順位的人。何況，我是說，反正他們不都會死嗎？我只是快轉了一點。其實我是在幫他們！」

對，他的人生很坎坷，但他的想法太病態了。他絕對瘋了。

「現在我要殺了胡笙，」他冷酷地說，「那麼你就會比較容易殺我。你會自認有正當理由這麼做。算是報仇……」

胡笙驚慌地睜大眼睛。雖然身體沒反應，他還有意識。他聽得懂別人說了什麼。

「住手！」費迪移動針管時我說，「那你呢，蘇克魯？你怎麼會成爲這件事的工具？」

「我愛他，」他說，彷彿這就夠了。

「什麼？你愛他就默許這些瘋狂的謀殺？」

你也瘋了嗎？我想加一句，但我不想罵他瘋子造成挑釁。我要爭取時間以便我們冷靜對話。我必須做點什麼，但是怎麼辦？王牌（意思是針筒）在費迪的手中。

「他跟我解釋過了，」蘇克魯冷靜地說，「我了解他。我想要跟你解釋，但你不肯聽我說。」

我知道蘇克魯不太聰明，但我沒料到他這麼笨。一定是他過去吸毒的後遺症。他已經戒毒，接受治療，現在不碰了。就我所知，他在我手下工作期間沒吸過毒。他知道我不會容忍，如果他破戒，就永遠無法再踏進店裡了。但話說回來，呃，反正我也不會再雇用他了。

「蘇克魯，」我說，「我們說的可是人命關天的事。不是麻雀變鳳凰的羅曼史。」

「我知道，」這白痴回答，「但我還是忍不住照他意思做。」

「蘇克魯愛我，」費迪說，「試著理解而不是批判自己的熱情。他很幸運能夠體驗這樣的情感。我們多少人一輩子有機會，一次也好？對吧，蘇克魯？」

蘇克魯點頭。這個費迪就像那些充滿廢話天賦、自稱先知把信徒洗腦，逼他們閉著眼睛去死的瘋子。費迪是假先知，蘇克魯是被洗腦的信徒。他彷彿完全被催眠般聽著出自費迪口中的話。

如果這是遊戲，我準備好來玩了。

「好吧，那你想要我怎麼殺你？」我在座位上再度挺直說，但這次雙手沒有放在膝蓋上。

「隨你喜歡，最輕鬆的方法……」

這點他顯然沒考慮太多。

「如果我不幹呢？」

「如果我也殺了胡笙你就會，」他說，「澎澎可能快死了。我相信她已經吃掉所有巧克力。這還不足以構成你的動機嗎？」

他說到「巧克力」時對我噁心地眨眼；他令人厭惡到了極點。

對，他說的話激怒了我，確實構成動機，但我不認爲我能夠親手殺人。

「不，」我堅決地說，「我不幹。如果你想要就殺了胡笙吧。但我不能殺你，我做不到。唉唷，就是不行！」

胡笙的眼睛睜得更大。他張嘴彷彿想說什麼，但發得出的唯一聲音是無意義的呻吟。他們對他下這麼重的藥正常嗎？

這家醫院爲什麼沒人來查看病患？他們到底能調情多久才會想到要透氣？他們能連續抽多少根菸？哪個電視頻道連播幾小時沒插廣告？哪個愚蠢節目能把觀眾黏在螢幕前這麼久，無論他們多麼可悲？換句話說，看護和護士都死到哪裡去了？我對醫師無話可說……我覺得他們沒出現是可以接受的。我只需要一瞬間的分心。一下子就好！我們之間的距離足夠揮拳。

「你跟他父母說了什麼？」我必須爭取時間。一定有人會走進來。「你怎麼打發他們回家的？」

「我們沒有，」蘇克魯說，「是胡笙。他說你要來而且會留下過夜。」

「他堅持叫他們趁太晚之前離開，」費迪接續蘇克魯的話說，「他幫了我們大忙。今晚我們其實沒有計畫。對吧，蘇克魯？」

「沒有，」蘇克魯說，「我們只是來看看他們有沒有使用我們準備的古龍水。」

他們準備的古龍水？他們到底準備了哪個部分？

「硫酸，」費迪說，「不會殺人。只對皮膚有效！但他們沒用。」

他似乎對自己做的任何事都不滿意。他只想要得寸進尺！留下更多痕跡，讓更多人印象更深刻，製造更多仇恨。

「你瘋了，」我說，「你需要治療。」

「誰沒瘋？」他露出狡猾的微笑說，「你以為你正常嗎？自以為是奧黛莉赫本與自以為是拿破崙並沒有差別。況且，治療太花時間了。他們治好我之前我已經死於愛滋病了。」

我沒有自認是奧黛莉赫本。她只是我的偶像。但我不指望他了解。

忽然門打開，歌努兒衝了進來。

「喔，我的小乖！你怎麼沒通知我？我——」

這正是我在等待的瞬間。我從座位上跳起來，雙手撐地翻個跟斗衝出去，瞄準費迪的頭。正中目標。他倒在胡笙身上，針筒仍拿在手裡。而我壓在他們身上。我趕緊拔掉胡笙手臂上的點滴管。同時用另一手往費迪胸口揮出窒息的一拳。我毫無困難地用致命剪刀腳鎖住他的脖子。

完全不清楚狀況的歌努兒大驚愣住，話只說到一半。

「喔，天啊！救命啊！救命啊！」她大喊。

回音想必傳到了走廊。一定有人會聽到。

一名護士，接著是一名壯碩的看護進來斥責我們發出噪音時，費迪已經被我制住。胡笙被壓在我們底下。眼見自己撿回一命，被壓扁就沒什麼好擔心了，真的。

36

甘提爾．歌努兒趕來純粹是狗屎運。她在街上遇到哈山，哈山不愧是哈山，告訴她我們的行蹤，所以她來祝胡笙早日康復。

「唉，我說大姊，你怎麼沒告訴我呢？」她用自己獨特的腔調說，「好吧，我懂了，你現在出名了。你不想跟我們有牽連了……但是上醫院不讓我知道。我是幫手啊。感謝眞主我遇到你們家哈山，他告訴我了。不然我怎麼會知道！我知道我搆不上你的階級，但我認爲患難之交才是眞朋友。有病痛或葬禮的地方，你就看得到我。錦上添花的人夠多了。感謝全能眞主我不是那種人。」

我從來沒有這麼高興見到她。況且，我知道她迷戀胡笙。

費迪和蘇克魯被逮捕。我會盡一切努力不讓費迪用瘋狂當藉口逃過法律制裁。我打給我認識的所有心理醫師和律師。他們說這叫「偏執」。他比較可能被送去精神病院受治療而非判刑入獄。如他所說，或許愛滋病會先要了他的命。我一向反對某些極端保守派宣稱愛滋病是降臨在變態同性戀者身上的天譴。但是你看，命運的反諷；或許在這個特例身上，愛滋病眞的會帶來天譴。

我無法同情費迪，他羨慕這些年來我爲自己創造的平靜生活，拼了命要摧毀它。努力剝奪我的平靜與舒適時，他想讓我身邊的人跟著受罪。畢竟，他們的苦難也是我的苦難，而我想到他們的痛苦，或死亡，都是我的錯，將永遠無法原諒自己。這是他的邏輯。

蘇克魯相信他在費迪身上找到了安寧與人生的光明，這也需要徹底的心理治療。我永遠不想再看到他。他為我工作了這麼久。我無法原諒他所做的事。我必須找個新酒保了。因為猛然拔掉點滴管，我撕裂了胡笙的血管。他們在他失血過多之前縫補了傷口。他會痊癒的。明天他就可以牽新車了。他沒向我借錢。但我當然付了醫院的費用。他認為他在我身上終於找到了內心的平靜。他想要像以前認知的一樣維持我們的關係。我不想。我得好好思考一下。

蘇海爾·阿爾金也出院了，但他短時間內還無法企劃或主持節目。我看到電視上他出院的畫面。他說一旦完全康復，回去工作到處查探各種內幕之前，他想要去度假，好多年沒休假了。這則新聞自然出現在他自己的頻道，別台都沒播。

我確認了單車女子哈提絲平安地被移交給警方。她可能會以共犯身分受審。是伊瑪茲押送她的。我不知道他如何向警方解釋。他不用再守著我門口監視了。

賽錫克起初發現我所做的一切非常生氣；但後來我們和好了。他總是會包容我。我欠了警方一筆人情。賽米爾·卡贊希幫了我大忙。他和賽錫克會私下見面，我正在安排。顯然賽米爾·卡贊希想用文明的方式協商一些條件。他說過他們可以交出一些涉及販毒的通緝犯，他自己也不允許這種事。相對的，警方必須對其他的小事睜隻眼閉隻眼。

我買了一雙紅色Converse運動鞋給萬事通梅蕾克。我跟胡笙一起去送給她。但是胡笙不太想自己去送，認爲可能讓人誤會，所以他把這個任務交給他母親。根據柯札拉克太太在電話中告訴我，梅蕾克很高興；她說她也要準備一份禮物給我，而且在我需要她的時候樂意幫忙。但是她母親顯然懷疑爲什麼他們不認識的人會無緣無故送她女兒禮物。

爲了感謝他在搜索行動當晚與賽米爾．卡贊希問題的協助，我也該送賽錫克一份大禮。我懷疑他是否像澎澎一樣會喜歡巧克力，這麼多年來澎澎顯然渴望著我送這種禮物。我會在他的禮物上附送一盒巧克力。

我終於有空跟古爾通電話了。她遲疑又緊張地告訴我我的夢中情人巴哈迪爾眞的喜歡我，如果我有興趣，他們提議可以玩三P。我聽得下巴掉下來，不敢相信我的耳朵。他們沒試過。她說她爲了留住他什麼都願意做。巴哈迪爾眞的喜歡我，加上想到跟他做愛，就足以讓我樂翻天，但我對古爾特別尊重，我無法想像自己跟她在同一張床上，分享同一個男人。我道謝之後說我會考慮。

我收到一封作家馬赫梅．穆拉特．索瑪的e-mail，來自陽光沙灘的里約熱內盧，問我近況如何。「你解決了沒有？」他問道。當然，他在那邊過得很愉快。等他回來，他會渲染發生過的一切再寫一本小說。

澎澎聽到她有涉及但沒有親眼目睹的故事結局，會責罵我好幾天，我要買給她一大盒Gezi糕餅店的巧克力。她會一塊一塊塞進嘴裡，閉上眼睛，在舌頭上擴散的甜美滋味中找到內心的平靜。「巧克力眞是神奇的東西。我想這是人類最重要的發現了。相信我，比性愛更棒、更有效——而且很安全……」

她說得對，人人都愛巧克力。

字彙表

abi——ağabey的簡稱。

abla——姊姊。也是尊稱。

ağabey——哥哥。也是尊稱。

ağabeyciğim：名詞ağabey＋暱稱與情感的字尾「-cik」（在此脈絡是情感）＋所有格形容詞字尾「-im」。可以翻成「我親愛的／達令老兄」。

ayol/ay——傳統上女性、陰柔男同志與變性女子使用的感嘆詞。

ayolcuğum：Ayol＋暱稱與情感字尾「-cik」（在此脈絡是情感）＋所有格形容詞字尾「-im」。

ayran——優格飲料。

bey——先生，接在名字後面。

börek——在爐中煎或煮的有餡薄餅。

çörek——甜或鹹味的餡餅。

effendi——男士。

gözleme——有多種餡料的手捲餅，在圓鍋上煎烤。

Hanım——女士，接在名字後使用。

hünkar beğendi/beğendi——茄子泥混合優格或貝夏美醬與起司，加上燉羊肉。

kahve——kahvehane的簡稱，咖啡館。指男客專用的咖啡館。

lahmacun——灑上辣味碎肉餡的烤圓餅。

mantı——絞肉餡的水餃。

maşallah——「讚美眞主」。

poğaça——泡芙類糕點。

rakı——茴香口味的烈酒。

藍小說 264

寧靜謀殺案

作　者—馬赫梅・穆拉特・索瑪
譯　者—李建興
主　編—嘉世強
美術設計—白日設計
責任企劃—王君彤
董事長
總經理—趙政岷
出版者—時報文化出版企業股份有限公司
10803臺北市和平西路三段二四〇號三樓
發行專線—（〇二）二三〇六—六八四二
讀者服務專線—〇八〇〇—二三一—七〇五
（〇二）二三〇四—七一〇三
讀者服務傳真—（〇二）二三〇四—六八五八
郵撥—一九三四四七二四時報文化出版公司
信箱—臺北郵政七九～九九信箱
時報悅讀網—http://www.readingtimes.com.tw
時報出版文學線臉書—www.facebook.com/readingliteratue
法律顧問—理律法律事務所　陳長文律師、李念祖律師
印　刷—勁達印刷有限公司
初版一刷—二〇一七年三月三十一日
定　價—新臺幣二八〇元
行政院新聞局局版北市業字第八〇號
（缺頁或破損的書，請寄回更換）

時報文化出版公司成立於一九七五年，
並於一九九九年股票上櫃公開發行，於二〇〇八年脫離中時集團非屬旺中，
以「尊重智慧與創意的文化事業」為信念。

國家圖書館出版品預行編目（CIP）資料

寧靜謀殺案 / 馬赫梅. 穆拉特. 索瑪著 ; 李建興譯. -- 初版. -- 臺北市 : 時報文化, 2017.03
面 ;　公分. -- (藍小說 ; 264)

譯自 : The serenity murders

ISBN 978-957-13-6926-6(平裝)

864.157　　106002024

The Serenity Murders

ISBN 978-957-13-6926-6
Printed in Taiwan